講談社文庫

起終点駅《ターミナル》

桜木紫乃

講談社

目次

起終点駅<ruby>ターミナル</ruby>

かたちないもの

函館《はこだて》の外人墓地に来たのは初めてだった。

十一月初旬、木々の赤茶けた梢《こずえ》が青くて高い空を突いている。墓地にいるのはロシア人神父と立会人の角田吾朗《かくたごろう》、笹野真理子《ささのまりこ》の三人だった。

真理子は儀式の準備をするふたりから少し離れた場所で、竹原基樹《たけはらもとき》の墓を眺めていた。秋のにおいが木々や土から漂ってくる。

「準備が済みました、こちらへどうぞ」

踏み出すパンプスの下で、枯葉が思いだしたようにかさかさとした音をたてる。

ロシア人神父の歌うような祈りのあと、角田吾朗が「主《しゅ》、憐《あわ》れめよ」と続けた。ボーイソプラノに近い、細く高い声だ。グレーのセーターに黒いスーツ姿の彼は、まだ十代のようにも見えるし三十前後のようにも見える。笹野真理子がそうした印象を持つのも、彼の大人なのか子供なのかわからない瞳《ひとみ》のせいだった。

十月のはじめ、吾朗から「竹原基樹の納骨式に出席してほしい」という手紙を受け取った。

どうぞ一枚多くお召しになってお越しください。お待ちしております——。

読みようによっては真理子が出席を断るということを想定していない文面だった。故人と親しかった友人を名乗り、九月初旬であったという竹原基樹の死を報《しら》せ、立ち会うのは神父と自分と真理子の三名であることを順序立ててしたためた文末のことだったので「一枚多く」という言葉もただの親切心からと思うことにした。なるべく善意に解釈するのは、自分とは違う環境と速度で生きている彼への敬意だ。

正直、ロシア正教会の納骨儀式がいかなるものか想像がつかなかった。とりあえず黒いものを身にまとっていればそれらしくなるだろうか。あれこれ考えていたわりに、休暇はぎりぎりまで申請しなかった。なにか突発的なできごとでも起きて行けなくなれば、と望んでいたふしもある。普段はものごとが起きる前に決断する、と言われている真理子も、こと竹原基樹のこととなると思いが乱れた。

葬儀ではなく、なぜ納骨式なのか。真理子は函館から届いた一通の手紙によって、彼がもうこの世にいないという事実を突きつけられたのだった。

結局休暇はタイムリミットの一週間前に申請した。角田吾朗に報せたのも無事休暇が取れたあとだったので、五日前というあわただしさだった。そのぶん航空チケットが高くなったのは仕方ない。

「ありがとうございます。竹原さんもお喜びになると思います」

声の美しい青年は電話口で、真理子の遅い返事を責めることもなく丁寧に礼を言った。最後の最後に真理子の背を押したのは、古びた恋の清算だった。好いた男の面影は薄れても、若かった自分の尻尾《しっぽ》だけが四十を目の前にしてまだこの身から垂れ下がっている。久し振りに「竹原基樹」と書かれた文字を見て、悔しいほどその尻尾の輪郭がはっきりとしたのだった。

黒いニットのワンピースに真珠のチョーカーならば、失礼にならないだろうと考えた。タンスの上に置いた鳩《はと》サブレーの缶の上に使いまわしのきくアクセサリーが放《ほう》られている。昨日の夜、缶の蓋《ふた》を開けたとき、真理子は心の底から後悔した。ひとつひとつを箱に入れて仕舞っておくことをしなかったばかりにすべて絡まり合っており、ひどいありさまだった。十ミリ玉をふんだんに使った真珠のチョーカーはプラチナやゴールドの細い鎖が絡みつき、手に入れたときの喜びがあったぶんひどく情けないことになっていた。

開けなきゃ良かった——。

二十歳からの十九年間、広尾にある十二畳のワンルームマンションに住み続けていることも、真理子の性格をよく表していた。必要なものがすべて手の届く場所にある部屋は居心地良く、いくら知人や上司に広くて新しいマンションを勧められても心が動いたことはない。

結局真珠のチョーカーはあきらめることにした。絡まり合った鎖をすべて解《ほど》くには、ひと晩でも足りない。代わりにぽろりと落ちてきた琥珀《こはく》のペンダントを着けることにした。

独特の節回しは仏教でいう御詠歌《ごえいか》に似て、手入れの行き届いた墓地全体に厳《おごそ》かに響いた。薄い冊子を開くと、祈りの言葉と掛け合いの歌詞が並んでいる。手渡しながら吾朗が「進行を追っているだけでもよろしいですから」と言ったので、その言葉に甘えることにした。

発《た》つときの東京は雨模様だったのに対し、函館はからりと秋晴れの空が広がっていた。十一月の外人墓地から見下ろす海は凪《な》いでおり、遠くに見える山は駒《こま》ヶ岳《たけ》の名が付いているという。言われてみればなるほど、稜線《りょうせん》が馬の背に見える。角田吾朗が、猛暑の影響なのか紅葉を待たずに葉が散ってしまったと言った。

手紙だけではその年齢をはかることができないくらい、節度ある文面と美しい文字だった。この時代にファクスでもメールでもなく、手書きの文書で用件を伝えることにある種の感動を覚えながら、「竹原基樹様が、過日永眠されました」という一行を飛行機の中で何度も読み返した。

現場に大きな問題を抱えていないせいか部下たちも真理子を快く送り出してくれた。

　右腕にしているマネージャーは、ひとつ言えば十理解する。都内最下位という売り上げを三ヵ月かけてトップクラスに押し上げたのは真理子と彼女の功績だった。マネージャーは元の上司と反りが合わないことで、他社からヘッドハンティングされそうになっていた。職場の士気を下げていた大きな原因を摑《つか》んだ真理子は、店に乗り込み迷わず言った。

「向こう一ヵ月で、都内の売り上げベストスリーに入る。いいわね」

　乗り込んだ初日、真理子はフロアの美容部員を新宿のゲイバーへと連れて行った。彼女たちに酒の飲み方、夜の街での遊び方、現場の牽引《けんいん》、男との巧《うま》い切れかたを教え込むのに、一ヵ月もかからなかった。

　真理子はそれらのことを十年前の竹原基樹から学んだ。

　竹原は化粧品会社としては国内最大手といわれる華清堂《かせいどう》の、幹部を約束された男だった。深い仲になったのは真理子が二十八、竹原が四十四歳のころ。既に何人もの女性との関係を噂《うわさ》されていた男とのあいだに関《かか》わりができても、思ったほど心は揺れなかった。竹原が独身主義を公言してはばからなかったことや、真理子自身が妻子持ちの男と別れた直後だったせいもある。

　相性は良かった。食べ物の好みも好きな映画も、手にする本も共有できた。だからこそ、と当時は思った。だからこそ、この人と添うことはないだろう。竹原とは週に一度か二度、少ない時間を共有することで保たれているバランスがあった。趣味も思考も似た人間が同じ家で暮らす苦痛があることは、ひとつ前の恋で知った。男は自分と似たような女とは暮らせない。女も同じだ。恋はひとつひとつ真理子に何かしら学ばせたが、学び続けているうちに、結局ふたりになりそびれた。

祈りの声が途切れ、神父が手に持った香炉を振りながら墓石を一周した。角田吾朗が真理子の手から冊子を受け取り、丁寧なしぐさで黒い鞄《かばん》へと仕舞った。

「寒くないですか」

こちらに向き直った彼の、肩までの髪が揺れている。真理子は浅くうなずいた。吾朗は一見女性と見間違うほどの肌の白さと声を持っていた。売り場にもときどきニューハーフの客がやってくる。ただ、本人が意識しているのかいないのか、角田吾朗ほど中性的な気配が自然に見える男も珍しい。

墓の入口で待機していた石屋が墓石の前にやってきた。献花台の石をずらすと、直径十五センチほどの丸い穴が顔をだした。身をかがめた吾朗が持っていた木箱から白い布袋を取り出す。袋から墓石の穴へ、白い布を渡した。彼はすくい上げた骨を穴の奥へと落とし込むと胸で十字を切った。

吾朗に促され、真理子も同じように竹原の遺骨を穴の中へと落とした。白く儚《はかな》くなってしまったものが、竹原の骨であるという実感はなかった。灰や小さな欠片《かけら》もすべて土に還《かえ》したあと、神父は再び祈りを捧《ささ》げ、銀の十字架を差し出しそれぞれに接吻《せっぷん》させた。参列者がふたりしかいないせいで、普通は一時間ほどかかるという儀式も、四十分ほどで終わった。

神父を見送ったあと、柵の前で吾朗とふたり対岸の景色を眺めた。向こう岸が大沼方面であると言われても、地形を把握していないのであまりピンとこない。海を隔てた向こう側はすべて青森という感覚でいた真理子には、吾朗が指差す方角が北海道の内陸であるという事実もうまく理解できなかった。

「何時に羽田を発たれたんですか」

「八時です。思ったよりも暖かくて良かった。東京は雨が降ってましたから」

金木犀《きんもくせい》の香りも薄らいだ東京は、ひと雨ごとに秋が深まっていた。恋の数は年月とともに増えたけれど、マンションを引き払うほどの痛手を受けたことはなかった。竹原と別れたあとでさえ引っ越さなかったのだし、この程度でという思いもあった。男の骨の軽さと感触が、まだ両手に残っていた。

「眠っているようだった、とお手紙に書かれていましたけど」

吾朗が目を伏せた。真理子は竹原が重度の糖尿病を患っていることを知らなかった。三食ごとに自分でインシュリンを打つ生活を、五年続けていたという。

「教会のことで用があって、僕のほうから何度かお電話したんですが、出られなかったのでで直接家を訪ねたんです。いつもテレビを見ていたソファーで、昼寝をされているような死顔でした」

インシュリンの投与を誤ったものか、昏睡《こんすい》状態からそのまま死に至った。眠るような、というよりも本当に眠ったままひょいと向こうへ旅だってしまったのだった。

吾朗が発見したとき、竹原の体はまだ微《かす》かに温かかったという。

真理子が最後に彼の体に触れてから、十年が経っていた。予期せぬ別れも何度か経験したし、そのたびに自分もいずれ、と腹をくる潔さと、思い残すこととのあいだで揺れた。今の自分をかたち作っているのは、竹原の輪郭だろう。彼を追い、彼の幻影に追われながら仕事をしてきた。華清堂の笹野真理子を生んでくれたのは、竹原基樹だった。

竹原のことを話すとき、彼は「自分がもう少し早く駆けつけていれば」と言わなかった。海の青さが増した。対岸の景色が曇る。もしも吾朗がそんな言葉を吐いたら、函館にやってきたことを心の底から後悔したに違いない。

朝、少し重たい感傷旅行のつもりで飛行機に乗り込んだ。高度を下げてゆく際、後戻りできなくなってようやく「竹原の死を認める」という、それまで隠れていた目的が滑走路のようなまっすぐさで目の前に現れたのだった。

「ずいぶんと眺めのいい場所ですね」

映画のロケで使われてもおかしくなさそうな墓地だった。市が管理しているという敷地内は雑草もなく、観光客がいても何の違和感もない。竹原が眠る場所でなければ、いつか函館観光でここを訪れていたかもしれない。

何気なく吾朗に年齢を尋ねた。三十歳です、と彼は答えた。二十歳前後かと思った、と告げると素直にはにかんでいる。白い頬《ほお》に長い睫毛《まつげ》の影が落ちる。

吾朗の車で駅前のホテルまで送ってもらうことにした。路面電車がゆっくりとカーブを曲がって行く。空港からまっすぐタクシーで墓へ向かったので、観光らしい観光はまだしていない。

「どこか見たいところはありませんか。ご案内します」

真理子は首を振り、少しホテルで休みたいと応《こた》えた。停留所で路面電車を追い抜き、駅前通りへ続く道にでる。

「今夜は函館山で、夜景でもいかがですか」

せっかくいらしたのですから、と言われうなずいた。

「幸い今夜は晴れの予報が出ています。きっときれいですよ」

運転席でフロントガラスを見たまま、吾朗が笑った。

予約したのは駅のすぐそばにできた新しいホテルだった。真理子は竹原が東京のマンションを引きあげて函館に戻ってから、一度だけこの地を訪ねたことがある。そのときにはまだなかった建物だった。

夕方六時にロビーに迎えにくるという彼に礼を言って、真理子は車から降りた。シャワーを浴びて少し横になるくらいの時間はありそうだ。昼食も一緒に、と言われたら辞退するつもりだった。眠りが浅いまま朝を迎えたので、今はとにかく横になりたい。禁煙のはずの室内には、煙草《タバコ》のにおいが残っていた。前の客か、それともその前の客か。竹原とつき合っていたころは少しも気にならなかった。港や駅前広場の景色を見おろしながら自分に問うてみる。気持ちと体が等しく彼を忘れていることを、確認するためにやってきたはずだった。鏡に映った顔にも問うてみた。化粧が上手《うま》くなったぶん、内側にある表情が読み取れなくなっている。

遮光カーテンを閉め、目覚ましアラームを午後四時にセットした。

手のひらに骨の感触が残っているのに、竹原の夢はみなかった。


吾朗が予約してくれたレストランは、ロープウェイの頂上駅にあった。眼下に絵はがきで見るのと同じ夜景が広がっている。

「こんなにきれいなのは滅多にないことです」

「あんまりきれいだと、二度と見られないような気がするから不思議よね」

「二度ないから、いいんだと思います」

昼間は肩で揺れていた髪がきれいにうなじでまとめてある。

「髪、そのほうが似合うみたい」

「食事の邪魔になるかなと思って」

目を伏せた。平日ということもあるのか、窓際の席こそ八割がた埋まっているが、内側のテーブルにはほとんど客がいなかった。運ばれてくる料理が、地元食材を使ったフレンチのコースというのも意外だった。素直にそう言うと、吾朗が鼻のあたりに皺《しわ》を寄せて笑った。

「けっこう評判がいいんです。夜景のおかげもあると思います」

なるほど店内は足もとも見えないくらい暗い。よく見れば窓の外に広がる夜景も、料理をのせた巨大な皿のようだ。

真理子は魚介類が豊富に使われたサラダを食べ終わったところで訊《たず》ねた。

「なぜお葬式ではなく納骨式に呼ばれたのか、訊《き》いてもいいかしら」

吾朗の頬がいくぶん引き締まる。真理子は居住まいを正した彼の言葉をひとつひとつ気持ちの底に落とした。

「竹原さんは、ご自分が亡くなられたあとのことをすべて書面に残してあったんです。お母様を亡くされたあと、すぐにご準備されていたようでした。配偶者もお子様もいらっしゃいませんので、相続に関する手続きはもうほとんどが終わっているんです。司法書士も、こんなに用意がいいなんてと驚いていました」

竹原の死は病気を装った自殺だったのではないか――。

真理子は黙り込んだ。吾朗が夜景に視線を移す。白身魚のムニエルが運ばれてくる。バターのにおいが髪にからみつく。真理子の思いを代弁するように、吾朗が言った。

「ちょっと、用意が良すぎますね」

「角田さんは、竹原さんがどうして東京を引き払ったのかご存じですか」

吾朗がまっすぐ真理子の目を見た。窺《うかが》うような気配はない。問われたことに真摯《しんし》に答えようと、胸奥の深いところから言葉が出てくるのを待っているようだ。

「お母様の介護のため、と伺っています」

「当時の彼ならば、東京に呼び寄せて介護する経済力も環境もあったはずなんです。仕事を辞めてまで戻ってくる、なにがこの街にあったんでしょうか」

最後のほうは、真理子自身に対する問いとなった。彼を、東京に引き止めておけなかった自分の不甲斐《ふがい》なさが喉《のど》から目から、溢《あふ》れそうだ。

「その書面に、納骨式にわたしを呼ぶようにということも書かれてあったんですか」

彼は大げさなほど深くうなずいた。訪れた沈黙を、夜景がからめ取ってゆく。山の上から眺めているのに、なぜか夜景の底にいるような気分になった。

「ご自宅は教会に寄付するということと、葬儀についての希望などが書かれてあったんです。葬儀は僕と神父様ご夫妻で、納骨は華清堂の笹野真理子さんにも報せてほしいということでした」

竹原には、真理子が結婚をするか華清堂を辞めているという発想はなかったのだろうか。

真理子は「失礼ですが」、と角田吾朗に竹原との関係を訊ねた。彼は質問の意味を咄《とっ》嗟《さ》には理解しがたいようだったが、数秒後やっとうなずいた。真理子はこの青年が竹原を函館に引き寄せたのかと勘ぐっていた。職場でも友人でも、そんな関係はたくさん見てきた。別段驚くことでもないが、こと竹原に関してそんな疑いを持ったのは初めてだった。

「僕は神父です。今日は笹野さんをお迎えするので、普通の服装ですが。いつもはそれらしい格好をしています。神父がふたり仰々《ぎょうぎょう》しい服装をして待っていたら、きっと戸惑われるだろうと思って。かえって混乱を招いてしまったかな。お手紙の差出人住所を教会にしていたのも、そういうことでした。はっきりとしたことを申しあげずに、ごめんなさい」

真理子は自分の邪推を恥じ、短く詫《わ》びた。

角田吾朗が観光名所でもある教会を任されている神父のひとりというのは、意外ではあったが納得できた。俗なことをいえば、彼の存在がにわか信者を呼ぶ可能性もあるだろう。その気働きが信仰を持たない真理子を思ってのことなら、角田吾朗はきっと人気のある神父に違いない。

竹原の父が建てたという家は鉄筋造りで、築三十年を経てもまだしっかりしているという。

「今後は教会の財産として信者の皆さんに広く利用していただきたいとのことでした」

竹原が胸で十字を切る姿というのを見たことがなかったし、想像もできなかった。いったいいつから信者になったのかと問うてみる。

「竹原さんのお父様も元は神父だったそうです。樺太《からふと》から引き揚げてきた際に、ご家族を養うことができないということで、保護観察所にお勤めになられたと伺っています。北海道から九州まで、ずいぶんと転勤されていたようです」

神父の子として生まれ、祈りが生活の一部だった竹原基樹を真理子は知らない。記憶にあるのは派手な女性関係と、会社でも一、二を争う営業の腕だ。彼と肩を並べていた男たちのほとんどが今は幹部として本社の高い地位にいる。竹原基樹の名前は今もときおり夜の街で囁《ささや》かれ続けていた。

まだ、彼が緩やかな自殺を図ったのではないかという疑いを拭《ぬぐ》いきれなかった。遠い記憶の片隅に、微かにでも今日の謎《なぞ》を解く手がかりはなかったのか。真理子は夜景の底に滑り落ちる記憶を追った。

竹原の四十五歳の誕生日を祝ったのが、十月の神楽坂《かぐらざか》だった。

「この機会にいいところを教えてあげるよ。有楽町のマネージャーも、さすがに連れてきてくれないと思うね」

仕事が終わったあと、神楽坂の料亭で落ち合った。金木犀の香りを胸に吸い込みながら、竹原の肩口から彼の顔を見上げた。ふたりきりで座敷を取り、和食と燗酒《かんざけ》。竹原は何度も「とうとう四十五になっちまった」とつぶやいた。

「四十四歳にしか見えませんよ」と言うと、ふんと鼻を鳴らし怒ったふりをする。何もかもができすぎの演技で、どんな言葉も俳優の台詞《せりふ》を思わせた。

「相変わらずいいアクセサリーしてるな。ボーナスと昇進のたびに自分への褒美を買うんだったっけ」

竹原は真理子の胸に光る三連のプラチナを見て言った。ボーナスと昇進の他に「男と別れたとき」も入れてくれと言うと、竹原は真理子がむっとするほど笑っていた。

「去年は誰と祝ったんですか」

真理子の質問に彼は「何人と、って訊いてくれよ」と答え、そのあとの沈黙を、煙草の煙で埋めた。

「会社、辞めることにしたから」

運ばれてきたデザートの皿を真理子の方へ差し出しながら、竹原は面倒くさそうな表情でそう言った。敏腕といわれた竹原基樹が華清堂を辞めるなどと、あの時点で誰が想像したろう。次の異動で海外の支店を任されたあと、将来は幹部といわれる器を誰も疑わなかった。せっかく飲んだ酒が目盛りを下げるように醒《さ》めていった。

「理由を教えてください。いきなりそんなことを言われて納得できると思いますか」

「納得なんかしなくていい。できるとも思わない。ただ、年内で東京を引き払う。それだけだよ。お前は今からしっかり勉強しろ。試験に受かって、俺の年にはひと部室《へや》任されるようになれ。ひととおりのことは教えたはずだ。笑える職場の売り上げは伸びる。部下のケツを撫《な》でて機嫌を取れるような女になれ」

その夜は往生際悪く、真理子はいつまでも帰ることを拒んだ。そんなことで竹原を引き止められるわけもなかった。いつもより丁寧に抱かれたことが却《かえ》って深い傷になっている。

竹原が宣言どおり華清堂を辞めてから三ヵ月後、真理子は函館を訪ねた。携帯電話は解約されていたので、各種手続きの連絡を取り合っていた人事部に手をまわし、なんとか住所だけは突き止めた。函館駅にあった電話帳で、竹原という名字を探して三軒目、ようやく彼の声が聞けた。

「今、函館にいます」

二十九だった。行動力も、往生際の悪さも、未練も怒りも何もかも、バランスの悪い年齢のせいだったと思いたい。

竹原は、ジーンズとセーターにキルティングのコート姿で駅に現れた。髪を整髪料で整えるでもない。東京で、そんな格好をしている彼を見たことはなかった。それは、ピンヒールに原色のワンピース、一張羅の毛皮という姿で会いに来た女が滑稽《こっけい》に見えるほどだった。

「どうしたの、急に」

真理子の来訪を喜んでいるという感じはせず、ホテルのラウンジに腰を下ろしても、真理子の居心地の悪さは増すばかりだった。しつこく訊ねて、ようやく母親の介護のために帰郷したことを白状させたが、期待したほどの納得は得られなかった。

「現実を見て、できるだけがっかりして帰ってほしい。なんなら、寝たきりの母親にも会わせるよ。見ればわかる」

「介護なら東京のほうが施設も多いし、経済的にも充分可能だったはずです」

こっちに来いと言ってはくれないのかと詰め寄った。

竹原は「そんな台詞、誰に向かっても言うつもりはないよ」と、そこだけ懐かしい皮肉めいた口調に戻り笑った。腕の時計を見て、竹原が言った。

「大学を出たらこっちに戻ると、母親と約束した。そんな約束《もの》ないも同じなんだけどな。とにかくそういうことで東京に出してもらったんだ。もうちょっと、もう少しって引き延ばして、結局四十五まで向こうにいた」

竹原は四十三歳で父親を亡くしていた。母親は息子に「もう戻らなくてもいいから、自分の仕事をまっとうしなさい」と言った。皮肉なことに彼の心はそこで折れてしまった。

「昇進試験の会場で、カンニングする部下を何人も見た。俺は彼らを咎められなかったよ。罪悪感が実力以上の力をだすきっかけになるやつもいるだろう。ただ、そんなことより、俺自身が何かを見失った」

見失っても、彼の前に敷かれたレールは続いていた。竹原は終着駅が見えている線路を走り続けることができなくなった。それでも、二年間の慰留に応えた。うち、一年間は残務整理と引き継ぎに充《あ》てられた。心折れたあとも、華清堂の竹原基樹を演じきった。

「それだけなんだ」

大の男が父親を亡くしたことで駄目になってゆくなどということがあるだろうか。真理子は今でも竹原の言葉に潜む真意がわからずにいる。彼の言葉が本当なら、残務整理と引き継ぎの真っ最中だった期間、捨てるつもりで真理子とつき合っていたことになる。熱い息も、腕も胸も、捨てる女に対してのそれだったとは思えない。自惚《うぬぼ》れにしたところで、もっとましな勘違いの仕方があるはずだった。

自分が、みっともなく男を追いかけたという事実が残っていた。

六年後、真理子は幹部候補の試験に合格した。小さな売り場も大きな売り場も、百貨店のフロア全体を見渡せるようになったのはここ二、三年のことだ。

角田吾朗が語る竹原の生活は、ひどく静かなものだった。意識が混濁した母親の、胃瘻《ろう》を含めた介護と、日々の祈りとわずかなアルバイト収入。日曜の礼拝を欠かさない男。女性の噂は聞いたことがない、と吾朗が言った。

「それじゃあ函館に戻ってからの竹原さんは、ずっとひとりだったんですか」

「ご縁談もあったとは伺いましたけれど。お母様のことやご自身の病気を理由に断り続けていたようです」

「病気は、いつからだったんでしょう」

「東京時代から、と伺っていますが」

いいわけをしても始まらぬことと思い、知らなかったことをうち明けた。

竹原の十年は、真理子の想像を超えて侘《わ》びしかった。

十九から四十五まで暮らした東京での彼と、四十五から五十五まで過ごした函館の彼は、並べてみればまるで別人だ。東京の街で彼の人生のすべてが終わったようだと感じたとき、真理子は自分の傲慢《ごうまん》さに腹を立てた。

真理子が函館まで彼を追いかけてきた日、竹原自身もまだすべてを清算できていなかったのでは、と思った。自身の病気と母親の介護。どちらも彼が切り捨てられなかった枷《かせ》なのだとしたら。

限られた時間を、竹原は使い切った――。

幕引きは、自ら決めた――。

目に見えぬ何かを託されたと思った瞬間、驚くほどの勢いで涙がこぼれ落ちた。竹原は函館で自分を生き直す代わりに、東京で笹野真理子という人間を生んだ。それは、彼自身に空いた大きな穴を埋める方法でもあっただろう。

両手に骨の感触が残っている。吾朗が真理子のグラスに赤ワインを注《つ》ぐ。気持ちと一緒に夜景も揺れている。頬に流れるものを拭わずに、グラスを空けた。

八時を少し過ぎたころ、ロープウェイの最終便に乗るため席を立った。支払いをしようと財布をだす。吾朗が首をふった。

「この分は、ちゃんと竹原さんからお預かりしているんです」

そう言われては、多少ばつが悪くても財布を引っ込めないわけにはいかなかった。帰りのゴンドラで真理子は、もういちど訊ねてみた。

「なぜ、納骨式だったんでしょうか」

ゴンドラは夜景の底へ向かって滑り落ちてゆく。麓《ふもと》の駅が目前に近づいたとき、吾朗が「憶測ですが」と前置きした。

「かたちのないご自分を見てほしかったんじゃないでしょうか」

手に残る骨の感触と軽さ。時間と仕事に追い立てられながら切り捨ててきたあれこれが、こぞって真理子に復讐《ふくしゅう》していた。旅は「恋の清算」や「若いころの尻尾を断ち切る」などという甘いものではなかったのだ。

東京に戻ってひと月経つころにはクリスマス商戦の真っ最中となり、百貨店の売り場全体が赤い厚底ブーツを履いたようだった。真理子を悩ませていたのは、先月末から本部の「要監督」を言い渡されている二十歳の新人美容部員だった。六月から売り場に出したのだが、どうも素行に危なげな気配がある、という。新人のひとりやふたりの扱いに困って体重が五キロ落ちたなどと言う主任には「リバウンドしないことね」と釘を刺しておいた。

本部のイエローカードが付いた新人は、真理子が預かることになった。愛想も良く客あしらいも決して悪くはないのだが、それも真理子が見ている前でのこと。同僚の視線が少しでも自分に向いていないときは、客が来ようが頭ひとつ下げる気配もない。昼休みが終われば煙草の臭《にお》いを落とさずに帰ってくる。注意をすれば素直に謝るが、反省の言葉も上滑ったものばかり。仲間内ではどんな話をしているのか、同じ年頃の部下に訊ねれば驚くような応えが返ってくる。

「お相撲《すもう》さんの彼氏がいるらしいんですけど、口を開けば夜の話ばっかりです。あれって自慢のつもりなんでしょうかね。こっちもプロレスラーとつき合ったことがあるって、適当に合わせてますけど」

昼食後、右腕にしているマネージャーを小物売り場の物陰に呼んだ。年内にこの新人を何とかしなくてはならないと決めていた。あらゆる角度から彼女を観察して半月経つ。ひとつの疑いが、真理子に行動を起こさせた。

特売ワゴンの陰で客を装いながら華清堂の売り場を見ていると、ちょうど客が途切れたあたりで、新人の動きが怪しくなった。真理子はマネージャーの腕を突いた。

しばらくは口紅の棚の前で商品番号を確かめ並べ直しているように見えた。がしかし、制服のポケットから取り出したティッシュで、店頭に出したばかりの見本商品の口紅をもぎ取ると、すばやくそれをポケットへ入れた。妙技と言ってもいいくらいだった。真理子は一歩前に出たマネージャーの背にむかって「よろしく」と声をかけた。

手口はプロのそれにひけを取らなかった。商品より発見が遅れがちな見本品をねらうとは。ここ一ヵ月で倍に増えた万引きの、何割かはこいつに違いなかった。その腕があれば、馬鹿馬鹿しくて薄給の新人美容部員などやっていられないだろう。

新人は売り場に戻ってきたマネージャーを、みごとな微笑《ほほえ》みで迎えた。マネージャーが彼女に何か話しかけ、そのまま背を抱いて控え室へ消える。現場を押さえたあとは、客だろうが部下だろうが扱いは同じだ。笹野真理子に監督不行届き、という汚名が付くのは仕方ない。

このあとは始末書と報告書が待っていた。素行不良プラス万引きでは、いずれ退職に追い込まれることになるだろう。明日午前には彼女を本部へ連れて行かねばならない。真理子は深いため息をつきながら売り場へ戻った。

「どうかしたんですか？」

中堅の部員が訊ねてきた。マネージャーが新人を連れて控え室へ消えたのが気になるらしい。真理子は腰のあたりで右手の人差し指をひょいと二回曲げてみせた。整った眉《まゆ》を見事にしならせて、彼女がうなずいた。

夕刻、そろそろ売り場全体にだらけた気配が漂い始めるころ、真理子は久し振りにマネージャーの尻を撫でた。背筋をピンと伸ばし、けらけらと笑っている。

「相変わらずいいお尻してるじゃない。ひとりにしておくのはもったいないねえ」

どこかにいい男いませんか、とマネージャーが笑う。そばにいた部員が、部長に尻を撫でられると必ずいいことがあるのだと囁いた。

「どんないいことがあったのか、言ってごらんよ」

「うまいこと、ヒモと切れました。一週間前に撫でてもらったお陰です」

みんなろくな恋愛をしてないと嘆くと、部長はどうなんですかとマネージャーが混ぜっ返した。

「誰かわたしの尻を撫でる勇気のあるヤツはいないのかねえ」

売り上げ伝票に視線を落とした際、めでたくヒモと切れた部員が「部長」、と声を潜めた。

「さっきから、ものすごくいい男がこっちを見てるんですけど」

視線を彼女の言うアクセサリー売り場に向けた。角田吾朗が立っていた。真理子は数秒目を閉じ、再び彼のいた場所を見た。男の右手が胸のあたりまで上がる。真理子が微笑むと、照れくさそうな笑顔を床に落とした。

終業時刻を教え、そのころに百貨店のはす向かいにあるドトールで待っていてほしいと告げる。吾朗は突然の上京を詫びたあと、軽く手を振った。函館空港で別れたときと同じ笑顔だった。売り場に戻ると早速マネージャーがすり寄ってきた。

「部長、年下の趣味ありましたっけ」

恩人の甥《おい》っ子だというと、ふぅんと納得からは遠い反応が返ってくる。男の話題には事欠かない職場も、真理子の私生活は謎が多いということになっている。本人としては披露するような艶《つや》っぽい話題がないだけで、何を隠しているわけでもなかった。

「明日名字が変わるっていうときはちゃんと教えるから」

「どうせならいきなり産休とか、後世に残りそうなやつをお願いしますよ」

　この秋、売り場の古参が未婚のまま産休に入った。抱えたものの重さを推し量りながら、真理子は喜んで彼女を送り出した。フロアに戻ってこなくても、それはそれで仕方ない。売り場や上の意見は必ずしも真理子の措置に好意的ではなかった。戻る場所を残しておくことが自分にできる、覚悟を決めた者への応援だった。職場が結婚も子供も不要な女の集まりである必要はない。


　待ち合わせ客で満杯の、ドトールのいちばん奥の席で吾朗が文庫本を開いていた。アメリカンをふたつトレイにのせて現れた真理子に気づき、人なつこい笑みを浮かべた。彼の前にあるコーヒーカップには何も入っていなかった。

「せめて昨日のうちに連絡をくれれば、もっと時間をやりくりできたのに。こっちには仕事で？」

　吾朗は肩を持ち上げ、首を横に振った。それ以上訊ねるのはやめにした。時計はもう七時を回っている。

「何か、食べたいものはない？　お腹《なか》すいたでしょう」

「東京は人がたくさんで、それを見ているだけでお腹いっぱいになります」

「こっちにはよく来るの？」

「高校の修学旅行以来です」

そのときはどこを見たのかと訊ねると、東京タワーと隅田川水上バス、浅草寺《せんそうじ》と答えた。それで一日が終わったという。どこか見たいところはないのかと訊ねた。吾朗の滞在予定によっては、明日のシフトを変えてもらうことも考えた。会議は入っていなかったはずだ。師走《しわす》の有給休暇など今までは考えもしなかったけれど、彼の上京が仕事ではないのなら、こちらも半日くらいと思う。

「明日の一便で帰ります。真理子さんにご迷惑はかけません」

そこだけ神父然とした表情だった。

真理子はふと、竹原と最後の夜を過ごした街へこの青年を連れて行きたくなった。吾朗に、まだまだ捨てたものじゃないと思える東京を見せたい。

「ねぇ、神楽坂に美味《おい》しいイタリアンのお店があるんだけど、どうかな」

吾朗は、いいですねと言って書店のカバーがかかった文庫本を黒いリュックに入れた。あの街が新たな記憶で上書きされるなら、今はそれを歓迎したい。

タクシーを呼び、運転手に目的地を告げた。ナビをセットして、なめらかなハンドルさばきで師走の幹線道路に滑り込んでゆく。乗車中に携帯電話で席の確認をすると、ふたりならば大丈夫だという。ほぼ三十分で目的地に着いた。

通された席は店の奥、落ち着いた場所だった。すでにふたテーブルに予約の札が上がっている。真理子からの電話で急遽交換したに違いなかった。行きつけというほどではないが、営業と面倒な話をするときはいつもこの店にしている。電話を取った係が真理子の名前と社名を覚えていたようだ。

仕事の話は好きな街でするのがいい。店を出れば、だらだらとした坂道の向こうにひっそりと息づいているおもいでがある。仕事上の嫌な話もそこが突き当たりだ。結局竹原との記憶を上書きするようなできごとは、この十年ひとつもなかった。

「函館ワインも美味しかったけど、この店で出すイタリアワインもいけるの」

運ばれてきたワインクーラーからボトルを抜いて、係が慣れた手つきで白ワインを注いだ。ひとくち飲んで、うん、とうなずいたあと、吾朗が真理子の郷里を訊ねた。そういう話をしていなかったことにまず驚きながら、年に一度使うか使わないかというイントネーションで「茨城だぁ」と語尾を上げた。吾朗がワインにむせながら、それ反則です、と言って笑った。

彼が相手だと、辛口の酒も幾分甘くなった。函館で食べた刺身ほどではないが、カルパッチョの白身もいい味だ。

「函館もけっこう訛《なま》りがあるって聞いたけど、ぜんぜんわからないね」

「僕はロシア人の神父さまに育てられているので、ときどきカタコトになりますよ」

彼は教会の礼拝中に置き去りにされた赤ん坊だった。彼を捨てた母親は、その一週間後に海から上がったという。

「ドラマみたいな話だね」

「自分でもそう思います。正直言うと、すべて人から聞いた話ですし、話していてもあまり現実感がないんです。実は他人が言うほど不幸なことだと思えない」

吾朗の笑顔を見ていると、こうした話の際にあるべき感情や言葉が、ひどくつまらないものに思えた。納骨式の「主、憐れめよ」というフレーズが耳奥に響く。

「いいな、ほっとします。この話をして笑ってくれたのは真理子さんと竹原さんだけです。僕としては話せる程度のことだと思ってるんですけど」

持ちかけたワイングラスを置いた。

「彼も、笑ったの」

吾朗は「はい」と言い、運ばれてきた魚介類のソテーを口に入れた。彼が捨て子だったという事実を笑ったときの竹原を想像してみる。そんな話をしたあとの吾朗に注がれる、つまらない心情や同情を思い浮かべたに違いなかった。吾朗も、自分の生い立ちを笑われているのではないことが分かっている。真理子は吾朗の内側を覗くほどに、竹原の十年が自分に近づいてくるような気がした。記憶の上書きなど、まだ遠い。離れようとすればするほど、却って近づき鮮明になってゆく。冬の新色を丁寧に塗った唇から正直な言葉がこぼれ落ちた。

「竹原さん、もしかしたら死んでほっとしてるんじゃないかな」

「からむわけじゃあないんだけどさ、吾朗君、お酒つよいねえ」

吾朗を連れまわし、河岸《かし》を変えながらワインや熱燗にしたたか酔った。酔いながら、もっと酔うことを欲していた。隣にいるのが吾朗でも竹原でも、どちらでも構わなかった。そして、ゆらゆらと酔いにまかせた心持ちのどこかで、角田吾朗が少しも酒に酔っていないことに気づいていた。

赤城《あかぎ》神社の鳥居の下で立ち止まり、ふらつく足もとをなだめすかしながら彼の顔を見上げる。化粧次第でどこまでも美しくなる顔立ちだ。ファッション雑誌でファンデーションの広告に使えそうな頰が持ち上がる。

「すみません。飲ませ甲斐のないやつだといつも言われます」

「ちっとも酔わないの？　腹立つなぁ」

「僕なりに酔ってはいるんです。でも、いつもこんな感じです」

腹立つなぁ、という言葉が何度も口からこぼれ落ちる。涙が唇に流れこんだ。吾朗の腕がくるりと真理子の背にまわった。鳥居の内側に隠れるようにして、青年の胸に崩れてみる。この醜態は、きっと明日になっても明後日《あさって》になっても覚えているのだろう。真理子はもういちど、腹立つなぁとつぶやいた。

真理子を一度きつく抱きしめたあと、吾朗が肩にかけたリュックから何か取り出した。今夜は何もかもがゆっくりとして見える。差し出されたものを受け取った。少ない明かりでも、それが一通の封書であることが分かる。宛先は函館の竹原基樹だった。

「竹原さんの机に残っていました。それで、住所を知ったんです。身の回りのものはすべて整理されていて、教会の人間が片付けるところなどほとんど残っていなかったんですが」

十年前に、真理子が出した手紙が開封されないまま手元に戻ってきたのだった。濡《ぬ》れた頬に十二月の夜気が沁《し》みてくる。何を書いたのかさえもう思い出せない。急に、言いようのない寂しさが胸底からせり上がってきた。

「函館でお渡ししようと思っていたんですが、できなかった。竹原さんのお気持ちを理解するところに、僕はたどり着けなかったんです。だから、一ヵ月もかかってしまって。ごめんなさい」

「吾朗君、わたしどうして今も同じ部屋に住んでいるんだろう」

竹原の記憶とともに――。

目の前にはただ、禁欲的な神父の微笑みがあるだけだった。

翌年三月、本社事業部管理室長の内示が下りた日、真理子は二十年住んだ広尾のマンションを出ることに決めた。新しい住まいには、新宿の夜景が見える場所を選んだ。仕事を辞めるまでローンが続く計算だ。ひとりで住むには広すぎるが、引っ越しを手伝いにきた部下たちは喜んだ。

「飲み会で電車がなくなったら、真っ先にここにきますから」

今度の部署は男も女もひと筋縄ではいかない者ばかり。尻を撫でるくらいではびくともしないだろう。竹原のような男や真理子のような女がうようよしている。みな、部下の尻を撫でる側の人間ばかりだ。

ベッドも家具も、広尾で使っていたものはほとんど捨ててきた。荷物といっても衣類と少ない台所用品くらいだ。鍋もフライパンも、二十年選手のくせにちっとも傷《いた》んでいない。そもそも料理などしないので、傷みようもないのだった。

衣類もおおかたは捨て、残ったものの半分は後輩に譲ってしまった。とりあえず引っ越しに間に合ったのはセミダブルのベッドとソファー、カーテンだけだ。掛け布団もシーツも、まだ袋から出していない。

ダイニングセットもないので、引っ越し終了後の宴ではつまみもビールも床に並べた。陣中見舞いにやってきたマネージャーが置いていった江戸前寿司の、残りをひとつ口に放り込む。冷蔵庫が届くのは週末なので、缶ビールもすでにぬるくなっている。

いち段落した夕刻、真理子は鳩サブレーの缶から絡まりあったプラチナやパールをひとつかみで持ち上げて見せた。

「これがわたしの、二十年分の褒美」

彼女たちの頬から笑みが消えた。

口数の少なさが潮時となって、午後七時には誰もいなくなった。

絡まった貴金属の下、ダイヤや琥珀、ルビーの鑑定書のその下に、十年前竹原に送った手紙があった。まだ封を切っていない。ソファーに腰を下ろして、右肩上がりで勝ち気な文字を飽きるまで眺めた。今の今まで、開封しようという気持ちにはならなかった。気がつくとロング缶を三本空けている。

「へったくそな字」

つぶやきが、がらんとした床や壁から跳ね返ってくる。手紙を持ってベランダに出た。十階の角部屋にも、ほのかに桜の匂《にお》いが漂ってくる。封筒を持つ指先が、段ボール箱と格闘していたせいでがさがさになっていた。こんな指では顧客の肌には触れられないと思った瞬間、現場がもう自分の職場ではないことを思いだした。

函館でひっそりと息を引き取った竹原が、内側から真理子を圧《お》してくる。息苦しさに耐えきれず、部屋に戻り、床に転がっていたカッターで封を切った。

前略　北海道の桜はもう少し先でしょうか。

　先日は突然訪ねて申しわけありませんでした。驚かせたかったわけでも、困らせたかったわけでもありません。会いたかった。それだけです。

　わがままだと気づいたのは、帰りの飛行機に搭乗してからでした。とても恥ずかしいことをしたとわかったあとも、気持ちを整理できずにいます。

　実は函館でお会いするまで、自分は誰より有利だと思っていました。私には竹原さんを追いかける勇気と気持ちがある。それだけで、人の心がこちらに傾くと思っていました。

　なぜ拒絶されたのか、正直に言うとまだわかりません。あなた流に言えば、わかりたくもない。わからないままでいたい。

　お母様のこと、知らずにいてごめんなさい。ついてきてくれとひとことでも言ってくださったら、あなたの負担や苦しみを、ほんのひとかけらでも引き受けることができたかもしれないと思っています。

　函館まで追いかけてしまったのは、竹原さんに捨てられた事実を認めたくなかっただけだと自分に言い聞かせています。

　教えていただいたことをひとつひとつクリアしながら、あなたがいた場所に向かってがんばってみます。

竹原さんが笑ったように、私もいつかこの若さと傲慢さを笑える日がくるでしょうか。その日がきたら、お互いどこにいたとしても、一緒に笑ってください。真理子

開封しなくても、竹原には何が書かれているか、想像ができたのだろう。十年経ち、宣言どおりあのころの彼に近いポストに就いた。わかったことはひとつだけだった。

自分は決して折れたりしない――。

手紙を折り畳み、封筒に収めた。真理子はソファーの下にあった菓子缶を開け、中身をすべて床の上に出した。我ながらよくぞここまでため込み、無精を気取ったものだと感心する。

開封した手紙をいちばん下に入れ、鑑定書を載せた。絡まった鎖を解きながら、ひとつひとつビニール袋に入れる。クリスマス、ボーナス、昇進、別れ。節目ごとに自分に与えた褒美。出し入れを面倒がっているうちに、ケースはいつのまにかどこかへ行ってしまった。着けようと思ったときにはいつもこんな具合で、また新しいものを買う。じきに、褒美というより、百貨店の顔なじみが真理子の好みに合ったものを用意するようになった。

「そのうち、褒美の方から寄ってくるようになるさ」

今いちばんの褒美は、竹原が手紙を開封しなかったことだった。黙々とプラチナやゴ

ールドの絡まりを解いてゆく。

目に痛いほど光る貴金属を見ているうちに、だんだん手元が怪しくなってくる。最近は細かな文字も少し離さねばピントが合わない。マネージャーに老眼ですか、と訊かれて慌てたことを思いだした。

今まで褒美に充てていた報酬も、これから先はマンションの返済に消えるだろう。終《つい》の棲家《すみか》、という言葉が浮かんで消えた。生きている限り、どんな広い部屋に住もうとも、土に還るまでのあいだの仮住まいだ。

凪いだ海と駒ヶ岳の稜線を望んで眠る竹原を思った。

お互いどこにいたとしても、一緒に笑ってください——。

竹原も、笑ってくれているだろうか。

急に、吾朗の声が聞きたくなった。十二月、結局朝まで飲んでそのまま羽田に送った。あれきり電話もしていなかった。

「引っ越し終了！」

「どこに引っ越されたんですか」

教会から戻ったばかりだという吾朗が、真理子の第一声に笑っている。

「夜景のきれいなマンションの十階。こっちは桜が五分咲きってところ。そっちはどう？」

「こっちの桜は一ヵ月先ですね。今夜は晴れてます。夜景、きれいですよ」

手紙の封を切ったことを告げた。

「まるでタイムカプセルですね」

「ひとつ訊きたいことがあるんだけど。あのお墓から、桜は見えるのかな」

「墓地を囲むように何本かあります。連休には見ごろになると思います」

行こうかな、とつぶやいていた。半分開けたテラス窓から春の風が吹き込んだ。夜景の底から吹いてくる風にいちど、カーテンがつよく舞い上がった。風に持ち上げられた布地が、一瞬その動きを止めた。

電話の向こうでは吾朗が五稜郭《ごりょうかく》に咲く桜の話をしている。

桜と一緒に北上してみるのもいいかもしれない。

通話を終えたあと、カーテンの動きが止まった場所に立った。足もとに桜の花びらが一枚落ちていた。

明日も明後日も、折り合いの悪い日々には酒を垂らす。一日一日無理やりけりをつけながら、雑踏にヒールの音を響かせ歩く。街に吹く風を受けながら、まっすぐ歩く。

窓から、風がまたひとつ滑り込んできた。

海鳥の行方

八月の半ばには秋風が吹く。釧路《くしろ》の地で迎える二度目の秋だった。

この街の空を、眩《まぶ》しいほどの青と表現したのは誰だったろう。実家にいたころは、こんなに青くて高い空は晴天のスキー場にしかなかった。日差しは夏のようだが、空の高さが違う。

山岸里和《やまぎしさとわ》は札幌の郊外で生まれ育った。去年の春、札幌に本社を置く道報新聞に入社し、釧路支社に配属された。雪印や道警の記事を貪《むさぼ》り読んだ大学時代を経て手に入れた職場だった。子供のころから憧《あこが》れ続けた仕事だ。就職率のことを見据えてH大に進み、マスコミへの就職をより確実にするために、夜間の専門学校にも通った。すべては順調に進んでいたはずだった。

「ウチの会社に入って、まず何がしたいの」

「自分の書いた記事が活字になるのを見たいと思っています」

「へぇ、やる気満々だね」

夢は夢のまま終わるかもしれない。そう思ったのは、釧路支社に配属されたあとだった。面接官が面白がった女子大生も、現場ではただのお荷物だ。研修を終えた里和を待っていたのは、新兵と呼ばれる屈辱の日々。書け、と言われて書いた記事が破り捨てられるのは毎日のことで、あまりにもひどいときはデスクの紺野《こんの》に椅子《いす》を蹴《け》られた。

「お前ね、自分の立場をわかってないよ。給料泥棒なんだからさぁ、もっと謙虚にやれよ謙虚に。いつまでも優秀な女子大生様じゃあないんだから」

歓迎会で胸を触られたことに対し、上司に直訴したのが気に入らなかったらしい。黙って触られるままになっているか、相討ち覚悟で組合に駆け込むか、今ならばもっと賢い戦法も思いつくのだろう。上司への直訴は失敗に終わった。

お盆を過ぎて街が再び動き出した日の昼時、西港《にしこう》で発見された不発弾の一報に、里和は真っ先に手を挙げた。

「わたしに行かせてください」

「山岸ぃ、お前ちょっと張り切りすぎじゃねぇの。お盆休み、男といちゃついて、調子に乗っちゃってんでしょお。そんなに良かったぁ。若いっていいねぇ」

椅子をくるりと回した紺野が、手入れの行き届いた顎《あご》ひげを引っ張りながら唇を歪《ゆが》ませた。里和が張り切れば張り切るほど、この男の嫌味な笑いが増える。最近は里和もそれを承知で前に出る。「こいつと闘おう」と思ったのはこの春。退路なし、と心に決めて書いた人物紹介記事を、編集長に褒められたときだ。こんなもの、便所でひとひねりすりゃあ誰でも書ける、と紺野は言った。里和はそのひとひねりに三日かかった。それでも、ボツになるよりはましだ。速さじゃない。残る一文だ。

紺野の目は笑っていなかった。里和は口角をめいっぱい上げた。椅子から立ち上がる。生意気な部下でけっこう。横から編集長が「さっさと行け」と割って入った。里和はすぐに愛用のリュックにモバイルを入れた。

「原稿は現地からすぐに送ります」

部室を出る際、背後で紺野が「帰ってからでも間に合うよ」と吐き捨てた。

不発弾が出てきたのは西港の土砂置き場。里和が現場に到着したときは既に半径五百メートル圏内は避難指示がでていた。港湾関係の事業所が集まる地域で、周囲に民家はない。現場では陸上自衛隊第5旅団不発弾処理班が作業しており、ほぼ同時に報道が数名、テレビカメラが二台到着した。

携帯から博物館に連絡を取る。不発弾の型は学芸員に訊《たず》ねた方が早い。地図を見るとJRの線路が近かった。駅に問い合わせると、港湾近くの路線は運休になっていた。時間を確かめ、素早くメモを取る。土砂置き場からの発見ということは、別の場所から掘り返されたものが移動してきたということか。通りかかった港湾関係者をつかまえ、土砂が釧路川河口の浚渫《しゅんせつ》工事現場から来たものであることと、四月から六月にかけて船で運ばれてきたことを聞きだした。

『不発弾は太平洋戦争時の米軍のもの。全長約一・二メートル。直径三十五センチの普通爆弾で、信管付き。二年前に発見されたものと同じ型』

必要な材料を並べ直し、泣きながら覚えたセオリーどおり記事をまとめた。現場の写真は警察の発表を待つしかなさそうだ。記事を紺野のアドレスに送信する。一分待って電話を入れた。

「どうでしょうか」

「二年生記者様とは思えない立派な記事ですよ」

ことさらゆっくりとした口調が返ってくる。山岸、と呼ばれ「はい」と返す。もったいぶるように、紺野が言った。

「あのさぁ、人の褒め言葉マジで聞いてるわけ？　お前みたいなのって、すげぇ簡単にぶっこわれるんだよな」

いつものことだと思うところには、向こうから電話を切られていた。

紺野の忠告が理解できないわけじゃない。「ただ、今は」と思う。今はこうやって前へ進むしか自分にできることはない。

目の前の仕事と紺野との闘いに明け暮れているうちに、人に頼るということを忘れてしまっていた。窮地に陥ったとき助けてくれるだろう人間関係を、ほとんど構築できていない。もともと誰かを頼るのは好きではなかったが、それも場合によりけりなのだろう。紺野の態度や編集長の苦々しい表情を見て気づいていた。山岸里和には、可愛《かわい》げのない新人というレッテルが貼《は》られている。職場の空気はいつもぎすぎすしており、誰も気持ちよく仕事などできない。原因の一端が紺野と自分にあると言われたら、なにも言い返せなかった。

気づくとぼんやり待ち受け画面を見ていた。

木戸《きど》圭吾《けいご》とのツーショットだった。ふたりともまだ笑っている。

卒業後、里和は道報新聞釧路支社へ、圭吾は函館地方裁判所勤務となった。両方とも他人が羨《うらや》むほどの就職先だ。札幌から離れることにためらいはなく、長年の夢を叶《かな》えた里和にとって学生時代の恋愛は秤《はかり》にかけるほど重くなかった。

就職が決まった時点で、何となく「友達に戻ろうか」という気配が漂い始めたのを覚えている。研修やバイトに費やす時間が増え、良い距離を模索しているうちに卒業してしまった。正直に言えば、別れそびれた。

ふたりで過ごした二年という時間や、それぞれの親を交えてのカラオケや食事という長閑《のどか》な学生時代が、今もまだうまく喉《のど》から下へ落ちて行かない。別れを宣言したあとの周囲の反応が気になることは、圭吾も同じなのだろう。両親に紹介し合うことも、あのころはひどく健全に思えた。あとのことなど、なにひとつ考えていなかった。

遠距離恋愛など、形ばかりだ。始まった時点で何の切なさも湧《わ》いてはこなかった。正月休みに札幌で会ったものの、メールと似たような会話のあと、ススキノのはずれにあるラブホテルで二時間過ごし、帰宅した。ホテル代は、圭吾よりほんの少しだけ給料の高い里和が払った。ボーナスの額を聞くと、とても割り勘にはできないと思った。

仕事も男も、里和は要求される「可愛げ」をうまく演出できなかった。別れるでも今後を話し合うでもなく、近況報告をするだけの会話とメールだけになり半年が経《た》とうとしている。どちらが言い出しても、別れはあっさりとしたものになるだろう。分かっていてどちらも言い出さない。傷口のかたちを想像しながら、ただ逃げている。

しばらく圭吾からのメールがきていなかった。里和はぐるりと首を回し、そのまま空を仰いだ。空は相変わらず青かった。少し顎を引くと、凪《な》いだ水面《みなも》に光る波が眩しい。防波堤がまっすぐに海へと伸びている。避難指示の圏外なのか、不発弾発見現場の物々しさが嘘《うそ》のようなのんびりとした景色だ。あの防波堤は一体どこまで続いているのだろう。不意に湧いた興味から、里和は防波堤に向かって歩き始めた。

対岸には要塞《ようさい》のように備蓄倉庫が建ち並び、岸壁には国外からのパルプ船や資材を積んだ船、さまざまな輸送船が接岸している。防波堤の内海側は切りっぱなしだが、外海側は里和の背丈ほどのコンクリート壁になっており、その向こうは消波ブロックがお互いを支え合い隙間《すきま》を埋めていた。

コンクリート壁の上には、十メートルから二十メートルごとに、ひとりの釣り人がいた。釣り人たちは里和を振り返ることもなく、三本四本と垂らした釣り竿《ざお》の先を見ている。

防波堤は、先へ行けば行くほど風が冷たくなった。気温も陸とはまったく違うようだ。釣り人たちは八月だというのにフリースを着込んでいる。綿のシャツ一枚では海風に太刀打ちできない。リュックの底にあった防寒ジャケットを着て、再び歩き始めた。

歩行速度と腕時計の分針から考えると、防波堤を一キロ近く歩いていた。沖に向かって歩いているので、視界に入るものは大きく変化しない。里和は振り返って背後の景色を見た。一キロの遠さを測るのははるか遠くに河口から港へと湾曲する陸橋だ。豆粒のような黄色いダンプカーが橋を渡ってゆく。開発の土嚢《どのう》が追加されたようだ。

爆弾が六十五年も地中で黙っていることより、うっかり掘り返され誰にも気づかれず別の場所に運ばれている現実の方がずっと恐いだろう。記事を組み立てているあいだは気にもしなかった。自分の内にあるものがいつ爆発するのか、そもそも火薬があるのかないのか、最近は自分を振り返ることもしない。反省する余裕もないまま毎日が流れてゆく。

寒かった。しかし、ここまで来たら、とも思った。先端まで行かねばなるまい。それが自分の悪い癖だと気づいている。男と仕事が回らないのも、すべてはこの癖がもたらした結果なのに、まだどこか「自分は正しい」と思うことをやめられない。

歩くことは苦にならないが、寒さだけはどうにもならなかった。一歩ごとに海風がつよくなっている気がする。本当に八月なのかと疑いたくなる。袖《そで》の中に手を入れた。圭吾を思い出したことで余計寒さが増した。

先のほうでは釣り人もずいぶんゆったりと場所を取っていた。里和はいちばん先の角に陣取っている男の後ろ姿を見上げた。

カーキ色の作業ズボンに黄色い防寒ジャケットを着た男がいた。男は竿を一度しゃくったあと、ひょいと消波ブロック側に飛び降りた。里和は再び男が現れるのを待った。二、三分も待ったろうか。男は右手に竿、左手に青い網のタモを持って戻ってきた。タモの中にはU字になった魚が鱗《うろこ》を光らせていた。七、八十センチはありそうだ。

機敏な動きから想像していたような若い男ではなかった。小柄で日に焼けた顔には肉体労働者の気配が漂っている。年齢は五十がらみ。男が足下に立っている里和を見下ろし言った。

「ねえちゃん、警察か？　最近は取り締まりも色仕掛けなのか」

警察ではないと答えたが、どうやら信じてもらえてはいないようだ。タモの中で暴れている魚を背後に置いて、男がこちらを睨《にら》んでいる。里和はポケットから名刺入れを取り出し一枚抜いて、男の方へと差し出した。男は真っ黒な指先でそれを受け取った。

「なんだ、新聞記者か。何の用だ」

男は暴れる魚の頭部をマイナスドライバーの持ち手部分で叩《たた》いた。魚はすぐに動かなくなった。言葉は乱暴だが、けんか腰という感じはしなかった。こちらのことなど、餌《えさ》をつつきにくるカモメくらいにしか思っていない様子だ。

「何見てんだよ。言いたいことがあるならさっさと言えよ」

「そういうんじゃないんです。港の土砂置き場で不発弾が見つかったんで、取材に来ただけです」

男は手を動かしながら、内海の向こう岸にちらりと視線を走らせた。銀色の魚は釣り針から外され大型のクーラーボックスに放り込まれた。

「不発弾なんか、しょっちゅう出てくるだろう。今さら記事になんかなるのか。俺も何度か見つけたけど、通報したら作業がストップしちまうだろう。見つけて得意がってるヤツは、あとで相当親方にどやされるぞ」

「そんなにあるんですか」

「爆発するならとうにしてる。爆弾なんていったたって、俺らよりずっと我慢強いぞ。六十年以上も黙ってりゃ、いいかげん怒り方も忘れるだろうよ」

男は里和の足下を指差し「その板使って上ってこいや」と言った。防波堤の壁にひょろ長いまな板のようなものが立て掛けてある。里和は言われたとおり、板の角に足を掛け、頭上に手を伸ばした。二度挑戦するも、背中の荷物に重心を奪われてなかなか体を持ち上げることができない。男が首に掛けたタオルで拭《ふ》いた右手を、目の前に差しだしてきた。里和は黒光りするほど日に焼けた手に摑《つか》まり、あっさり引き上げられた。

防波堤の先から見る海は、太陽の光を浴びて目が痛くなるほど光っていた。波模様も浜辺とは明らかに違う。浅い湾の向こう岸には市街地が広がっていた。

「いい眺めだろう」

男が自慢げに言った。海から見る陸地はうっすらと霞《かす》んでおり、市街地も絵はがきのようにこぢんまりしている。本社の社会部からお呼びがかかるまで、何が何でもここで実績を上げねばならぬと誓った街だった。ここから見るとやけに小さい。視線を九十度右にずらしただけで、太平洋が両手いっぱいに広がっていた。光を跳ね返した波は里和の目の奥で一瞬黒々と塗りつぶされ、再び発光する。海は延々同じことを繰り返していた。

男は針に餌を付けて竿を竹刀《しない》のように上段に構えたあと、ひゅん、と涼しげな音をたてて鉛《なまり》を飛ばした。リールから猛スピードでテグスが飛び出してゆく。鉛の位置を合わせたあと、消波ブロックの上に敷いたタオルに竿を立て掛けた。

「さっきの魚、何ですか」

男は短く「アキアジ」と答えた。鮭《さけ》ですか、と言うと「違う、アキアジ」と返してくる。

「どう違うんですか」

「アキアジはアキアジ」

埒《らち》のあかない問答に、つい笑った。

自分に友人と呼べるような人間がいないことには、ひとりきりで暮らし始めてから気づいた。圭吾も似たようなものだろう。いつも一緒にいたこと、そのことに何の違和感もなかったこと、青臭い会話。思い当たるふしはいくつもある。

自分のことも周りのことも、この海のように平たく横たわり、覗《のぞ》いても探っても底が見えない。

「ねえちゃん、仕事はしなくていいのかい」

海に漂っていた意識が急に陸に戻される。犬歯が抜け落ちた口元を広げて笑ったあと、男は石崎《いしざき》と名乗った。

「石崎さんは、お仕事お休みなんですか」

「ずっと休みだ。去年のこの時期からだから、もう一年くらい休んでるな」

「それって、失業中ってことですか」

「最近の若いねえちゃんは、言いにくいことはっきり言うな」

こもった笑い声が消波ブロックの下で響く波音に吸い取られる。石崎が先ほどアキアジを放り込んだクーラーボックスから小ぶりな魚を一匹取り出した。果物包丁を使って下敷き大のまな板の上で捌《さば》き始める。石崎の包丁さばきはみごとだった。

「コマイだ。このくらいのがいちばん旨《うま》いんだ」

「石崎さん、お魚屋さんか何かされてたんですか」

「生まれはね」

石崎は室蘭《むろらん》の魚屋の次男に生まれ、十五で札幌の床屋に修業に入ったのだと言った。以後二十五で独立したが、三十五で店を畳んだ。同い年の妻に出て行かれたあとは道東に流れ、炭鉱が駄目になったあとは港湾の日雇いや博打《ばくち》で食いつないできたという。

「博才《ばくさい》もないのに打つのは好きとくれば、借金は増えるし、まぁお先は真っ暗だわなぁ。四十まで我慢してもらったけど、女房にも愛想をつかされた」

「お子さんはいらっしゃらないんですか」

「いらっしゃるよ。いくつになったかなぁ、三十は過ぎてるだろう。俺が六十なんだから」

見えませんね、と言うとにやりと笑った。石崎は捌いたむき身を小さなステンレスのボウルに入れたあと、ミネラルウォーターとボックスから取り出した氷でしめた。洗ったまな板の上で指一本分の大きさに切り分け、傍らの登山リュックから取りだした醤油《しょうゆ》を垂らす。

「食ってみろ。旨いぞ」

里和は彼を真似《まね》て指先で刺身をつまみ、口に入れた。活《い》きのいい歯ごたえと甘みが喉の奥まで広がった。磯の匂《にお》いが胃の底に落ちてゆく。

「おいしいです」

ひとり暮らしを始めてから空腹感を覚えたことがない。今年は、忙しいという理由をつけて正月以降は実家に帰っていない。五歳離れた姉がお産で実家に戻ってきているのは幸いだった。母も里和のことを気にしている暇がないらしく、最近は滅多に電話も掛けてこない。

結局昼寝と録画しておいたテレビ番組に費やされ、生活習慣を崩すだけで終わってしまった夏の休暇をもったいないとは思わなかった。紺野とのやりとりや、どうあがいても職場の空気を変えられない自分のふがいなさ、取材先での失敗、考えれば考えるほど人に会いたくなかった。ひとりでいられる場所は、会社が用意した独身者用の部屋だけだ。不思議なことに、何日も部屋にこもっているうちに、最終日を迎えるあたりには「どこにいてもひとり」と思えてきた。休暇の収穫は、それだけだった。空腹と孤独が一気に里和の全身を巡り始める。もうひと切れ、口に入れた。

石崎が立て掛けてあった竿の一本を手にしてムササビのような素早さで消波ブロックの先へ飛び移った。作業ズボンのベルトにいつの間にかタモの柄を差している。後ろから見ると、まるで青い甲羅を背負った亀だ。里和はリールを巻く男の背を見ながら、刺身の最後のひと切れを口に入れた。

対岸に見えるビルのどれが社屋かはわからなかった。重そうなアキアジをタモに入れた石崎が戻ってきた。

「オンタは駄目だなぁ。あきらめが早くて闘い甲斐がねぇよ」

「オンタって何ですか」

「オスだよオス。メスはメンタ。オンタは最初は威勢がいいんだ。とにかく暴れるしアタリも強い。だけど水面に近づくとがくんと闘志が萎《な》えるんだな。あっさりあきらめる瞬間がわかる。タモに入れる頃にはもう死んだみたいになって動かねぇよ」

逆に雌は引っ張れば引っ張るほど暴れるのだという。その反抗ぶりは陸に上がっても変わらず、最後の最後まで抵抗すると石崎が言った。

「だからよ、メンタが来るとさっさと楽にしてやらないとって思うんだ」

石崎には「キャッチ&リリース」という意識はないらしい。鱗にうっすらと斑《まだら》模様の入った雄鮭はクーラーボックスに入れられた。里和が「これって密漁ですよね」と言うと、「知らねぇよ」と笑って返す。

「記事にするならひとこと断れよ。刺身食わせて通報されたんじゃ、笑い話だろう」

「通報なんかしません」

「わからん。苦しくなれば何でもできるのがメンタだからな」

冗談か本気かわからない。里和は礼を言って内海側へ下りた。リュックを手渡しながら、石崎が言った。

「ねえちゃん、また来いや」

「いいんですか」

「雨の日以外はほとんどいる。霧くらいならへっちゃらだ。ここは俺以外のやつが釣らない場所だから、仕事さぼりたくなったらまた刺身食いに来い」

やってきたときは天頂にあった太陽が、海に傾いていた。釣り人の背を数えながら陸に向かう。男たちは特別仲が良さそうな距離でもなく、かといって反目しあっている様子もない。目に見えない境界線で区切られた、それぞれの縄張りがあるようだ。

港の内側では、まりもと同じ色をした水面がべったりと凪いでいた。

部室に戻っても、里和にねぎらいの言葉はなかった。紺野のひとことが響く。

「山岸先生の玉稿は、無事入稿されました」

その夜、九時のニュースを見ながら、茹《ゆ》であがったパスタに出来合いのソースを混ぜた。今日はナスとトマト味だ。夜はビスケットやホットミルクで済ませることが多く、まともに手を加えたものは久し振りだった。茹でてまぜるだけでも格段の進歩だ。

圭吾が函館の職場でひどい目に遭っていると聞いてからは、里和が自分から電話をかけて仕事の話をすることはなくなった。ひどいことをしている、とは思う。しかし圭吾と職場の愚痴を語りあったところで、なんの解決にもならない。そんなことで時間を取られるくらいなら、もっとしなくてはならないことがある。

圭吾から最後に届いたメールを開いた。十日経っていた。彼の上司は女性書記官だが、五十を過ぎてもピンク色の洋服を着て仕事をしているのだという。毎日毎日、目の前にピンク色がある生活は、テレビやパソコン画面にその色があるだけで吐き気がするほどだと言っていた。会えば圭吾は、里和が見たこともない女のことを延々と訴える。煩《わずら》わしいとは口に出せないほど、切々と訴え続ける。それはメールも同じだ。里和は密《ひそ》かに彼女を「ピンクおばさん」と呼んでいる。

「向こうはピンク色で、こっちは紺色かぁ」

声に出してしまったことに驚きながら、十日前のメールを読み返した。

『危うく国家賠償だった。俺は始末書、主任が報告書を書いてる。おばさん書記官は涼しい顔。今日も全身ピンクのお洋服でご出勤。レースのヒラヒラは暴力です。やってらんねぇよ。管理官も首席も頼りになんない。所長に直訴しちゃおうかな』

ピンクおばさんは若い男性事務官がことのほか嫌いらしかった。五十を越えてピンクのレースもないだろうと最初は笑っていたが、ここしばらくは笑えない状況だったようだ。

　里和が返したメールは『危機一髪、ヒラヒラおばちゃんなんかぶっ飛ばしちゃえ』。絵文字やデコ文字でも使わねば間がもたないような文面しか思いつかなかった。パソコンのアドレスに入れれば長くなってしまうだろう。延々と圭吾の愚痴をモニターで読むのも、それに対して返事を書くのも苦痛だ。

　一年前は毎日あった圭吾からのメールも、半年を過ぎ一年経つ頃には三日に一度、五日に一度になっていた。その前のメールを開く。半月前だ。

『札幌より涼しいはずなんだけど、なんだか蒸し暑くて眠れない。築四十年の官舎ってまるでほら穴。見たこともないような虫に遭遇して、食欲ゼロ。うぇぇぇぇ』

　その前。

『超ヒマなヒラヒラおばさん、事件簿其《そ》の一。終業時間後、別室にて窓口応対が悪いと四時間ぶっ続けの説教垂れる。窓口担当はオレ』

　圭吾のメールからは、職場の気配がひとつも漂ってこなかった。圭吾とヒラヒラおばさんの他には誰もいない。メールとメールのあいだに一度くらいは電話で話しているはずなのだが、何を話したのか忘れる程度の内容だった。話しながら、さほど会いたいと思わないでいられることに安堵《あんど》していた。いつ音信不通になっても傷つかないことを確かめるための会話だった。

パスタを茹でる気になったのは、昼間口にした刺身のお陰かもしれない。捌かれる直前まで海中で泳いでいた魚の生きる執念を腹に入れたのだから、その腹が減るのは当然に思えた。

会社が独身者に用意してくれたワンルームは、圭吾の官舎ほどひどくはない。ただ、クローゼットもベッドも机も、自分で動かせるものはひとつもなかった。

この部屋で自由になるものは住人の居場所だけで、一年以上経ってもまだ旅先にいる感じから抜け出すことができない。テレビを見るのもパソコンを開くのも、食事をするのも慣れない化粧をするのも、作りつけの机の前だった。自分だけが移動を許される空間というのは、案外居心地が悪い。

パスタの最後の一本を口に入れた。充電器に入れた途端に携帯が鳴りだす。圭吾からだ。グラスの水を半分飲んでから着信ボタンを押した。

「もしもし、里和ちゃん？」

圭吾の母親だった。なぜ彼女が息子の携帯を持っているのかわからず、戸惑いながら返事をすると、おっとりとしていたはずの彼女が早口で語り始めた。

「圭吾、しばらく札幌に戻ることになったの。里和ちゃん、もし札幌に帰ってくるようだったらこっちにも寄って欲しいと思って」

「何かあったんですか。最近ちょっと忙しくて連絡取り合ってなかったんですけど」

里和の言葉に、向こうの口が急に重くなった。彼女は「いろいろあって」と言ったきり黙り込んだ。学生時代は、遊びに行くたびに手作りのケーキを焼いて待っていてくれるひとだった。カラオケに行けば最初から最後まで松任谷由実を歌う。大学三年の春、ひとり息子が連れてきた女友達を笑顔で迎えてくれた。

「今年はお正月から実家に帰っていないんです。わたしもちょっと忙しくて」

里和のいいわけを聞いたあと、彼女は深呼吸一回分の間をあけた。

「鬱《うつ》病って、言われたの」

圭吾は五月の連休明けから遅刻が多くなり、ここ一ヵ月は当日の朝に電話を入れる連絡休が増えたという。出勤しても終業時刻まで椅子に座っていることができず、不調を訴えては帰宅という日々が続いた。上司が嘱託医のところへ付き添い、でた診断がその病名だった。自殺願望も口にするということで、実家に連絡が入った。

最初は感情を抑えていた母親も、いつしか涙声になっている。

「里和ちゃん、なんで気づいてくれなかったの」

すぐには言葉がでてこなかった。いずれ誰かからそんな報告を聞くのじゃないかと、気持ちのどこかで待っていたかもしれない。圭吾も自分も、張りつめた糸をかき鳴らすような毎日が続いていた。

――お前みたいなのって、すげぇ簡単にぶっこわれるんだよな。

紺野の言葉どおり、里和の抱えた毎日も常にいつ壊れるかわからない恐怖を孕《はら》んでいる。圭吾が精神的に病んだという事実は里和の内側で捻《ねじ》れながら逆に振れた。気持ちのどこかで、病んでしまったのが自分ではなかったことに安堵している。驚くほど罪悪感がなかった。自分は正気だ。恐ろしいほど乾いた気持ちが更にきりきりと気持ちの糸を引き絞り、圭吾との記憶を体から切り離してゆく。

「すみません」

母親の嗚咽《おえつ》が数十秒続いた。里和は短い挨拶《あいさつ》を残し通話を終えた。水の入ったグラスから水滴が流れ落ちる。残りの半分を一気に喉に流し込んだ。落ちた水滴が、机の上にいびつな円を描いていた。

週末、もういちど西港の防波堤へ行くことにした。圭吾が先に潰れたという事実は、里和の内部に吹く風を一瞬止めた。去年から無職になり、毎日釣り糸を垂れて生活している男。その周囲も似たような境遇にあるとしたら、防波堤は社会の末端だろう。忙しく働いていてしかるべき年代の男たちが、日がな一日釣り糸を垂れている。防波堤にしか居場所がない男たちから、何か見えてこないか――。

自分はまだ潰れていない。壊れてもいない。それを確かめるのも、傷つけるのも救うのも、今は仕事しかないような気がしている。男たちの孤独が、ワンルームにさえ居場所がなくなりかけた自分と重なった。見えるのは海。逃げ場がないのは同じだろう。

休日の防波堤は人でごった返していた。陸に近い場所では家族連れも見かける。明け方から来ているのか、キャンプ用の折り畳み椅子にもたれて、顔に帽子をのせている者もいた。

「オッサン引いてるぞ」

隣から声が掛かり、慌てて竿をしゃくれば周囲から笑いが漏れる。

それでも不発弾が見つかった日と違う呑気《のんき》な気配は、せいぜい防波堤の半分あたりまで。そこから先はやはり緊迫感のある釣り人たちの「個室」のような空間が続いていた。

防波堤の先端まで来ると、石崎の背中が見えた。先日と同じカーキ色の作業ズボンに黄色い防寒ジャケットを着ている。

「釣れてますか」

石崎は驚いた様子も見せず「なんだ、本当に来たのか」と笑った。

「いけませんでしたか」

「今日は暖かそうな格好だ。そのくらい着込んでないと風邪《かぜ》ひくからな」

フリースのインナーがついたキルティングのフード付きジャケットを羽織ってきた。背中のリュックには握り飯が六つ入っている。入れる具も包む海苔《のり》もないので、ただの塩むすびだ。ひとり暮らしを始めてから数回しか使っていない炊飯器の、容量いっぱい三合の米を炊いた。

リュックを先に上げて、足場用の板を蹴る。背丈ほどある厚い壁の上に立った。うっすらと海霧が視界を覆い、ぼやけた太陽が円い大きな虹《にじ》に囲まれていた。それでも海面は少ない光を集めて光っている。

リュックからポリ袋を取り出し、アルミ箔《はく》に包んだ拳《こぶし》大の握り飯を渡した。おう、と言って受け取った石崎は、瞬《また》く間にふたつ平らげた。

「お前さんと同じで愛想のねぇ握り飯だな」

「塩はちゃんと振ったんですけど」

「まずいとは言ってねぇよ」、石崎が笑った。

ほぼ毎日、早朝から防波堤に通っているという男の背景が知りたかった。この男が駄目ならば、等間隔で竿を垂らすこの中の誰でもいい。ここならば必ずいいネタがあると踏んでいた。

石崎が体長三十センチほどのコマイを二匹、手早く刺身におろしてくれた。里和はそれをつまみながら、消波ブロックの上で竿を振る彼の後ろ姿を眺めていた。銀色の鉛が頭上で弧を描き、やがてまっすぐに海を目指し飛んでいった。少し遠くへ投げた竿はコマイやカレイ、岸に近いところに落とした竿はアキアジ狙《ねら》いだという。

雄は水面が見えたところで戦意を失い、雌は陸に上がってもまだ抵抗する。前回石崎が言っていた言葉を思いだす。圭吾は水面を見たろうか。彼の母もこの局面でまさか里和が自分の息子を見捨てるなどと思わなかったろう。圭吾を切り離した体と気持ちは妙に軽かった。荷を失った場所はがらんとした空洞になった。母親は里和の不実さに気づいてしまったのだろう。だから何も言わず電話を切った。空洞は仕事が埋めてくれる。埋めなければならなかった。

石崎が糸を張って鉛の位置を確かめ、消波ブロックに竿を立て掛けた。今日はまだ一本しかアキアジがないという。

「一日にどのくらい釣るんですか」

「三本上がりゃ、御《おん》の字かな。五本六本となると、竿だリールだクーラーだのっていったら百キロ近くになる。自転車も真っ直ぐ進まねぇよ。家に辿《たど》り着く頃にはよたよただ」

指差した防波堤の内側に、錆《さび》だらけの自転車があった。里和は刺身を口に入れた石崎に、自分もアキアジを釣ってみたいが無理だろうかと訊ねた。

「無理なことなんか何もねぇよ。ヒットしたら一回しゃくって、あとはリールを巻くだけだ。次にアタリがきたらお前さんが上げてみな」

里和は言われたとおりじっと四本の竿の先を見ていた。薄い太陽光の下でも、鼻の先や頬が日に焼けていくのが分かる。日焼け止めの効果もなさそうだ。

竿しか目に入らなくなっていた。釣り糸の先に、思い描いてやまない衝撃的なネタがうようよしているような気がする。石崎も黙って竿を見ていた。

右から二番目の竿がくんと一度首を下げた。ゆるんだテグスが潮風に揺れ、そのあと再びピンと張った。「オンタかな」、石崎がつぶやいた。竿が機械仕掛けのように規則正しく先を曲げ始めた。石崎の両手が竿をしゃくる。四、五回リールを巻くとその竿を里和に持たせた。

「前に出ろ。竿の先だけ見てりゃ怖いことない。巻きながら行け。頭が見えたら俺がタモに入れてやるから」

里和は言われたとおり、竿の先だけ見ながら消波ブロックを渡った。ブロックの下で波の跳ねる音がする。

右へ左へ、竿の先がテグスに引っ張られ、そのたびに体の向きが変わる。油断すると竿と一緒に海へ引きずり込まれそうだ。必死で足を踏ん張り一歩ずつ、ぎこちなくリールを巻いた。ブロックのいちばん高い場所に立つ。糸の先に目を凝らす。数メートル先の海面にうっすらと銀色の影が見えたところで、それまで里和の全身にかかっていた力が抜けた。

波を跳ね返しているブロックの先で、石崎が糸を引き寄せ魚をタモに入れた。リールをぎりぎりまで巻くよう指示したあと、彼は軽やかに防波堤へ戻った。

里和は、竿を片手にブロックの上で突っ立っていた。　足の真下で跳ねた波が飛沫（しぶき）を散らしている。石崎がこっちに戻れと手招きした。

「戻れません。どれに飛び移ればいいのか」

足下では複雑に入り組んだ消波ブロックが角を四方に向けている。防波堤まで、目算で五メートル。自分が一体どうやってここまで来たのかも不明だ。石崎はドライバーの柄でアキアジの頭を一撃すると、しょうがねぇなとぼやきながら里和を迎えにやってきた。

「いいか、上も下も見るな。次の足場のことだけ考えろ」

里和から竿を受け取り、石崎が足場を示しながらひとつ先のブロックへと移る。場所を間違えると滑って転落しそうだ。ひとつひとつ神経を集中させて男の足下へと飛び移った。たった五メートルの距離がひどく遠い。

防波堤に辿り着くと、背から脇から汗が流れ始めた。例えようのない恐怖がじわじわと汗になって体から吹き出してくる。それから二時間、竿は一度も引かなかった。潮風に紛れて、釣った魚をどうするのか訊ねてみる。

「捌いて近所に配ったり、自分で食ったり。いろいろだ」

家族に捨てられ身を持ち崩して還暦を迎えた男の来し方を想像する。ギャンブル、借金、無職。防波堤から見えてくる社会があるはずだ。記事になる、必ず。

「おひとりで暮らしてるんですよね」

気楽でいいとうそぶいたあと石崎は「お前さんはどうなんだ」と言った。里和は去年の四月から親元を離れてひとり暮らしを始めたことと、新聞記者になるのが夢だったことを口にした。ここはあっさりと自分の話をする場面だ。

「仕事、楽しいか?」

「楽しいことも、そうでないこともあります。でも、自分で選んだことだし、やれるところまでやってみたいと思っています」

優等生だねぇ、と石崎が笑った。

「石崎さん、お子さんに会いたいと思うことはないんですか」

男はしばらく黙った。口を開いたのは、里和がこの質問は少し早すぎたと後悔し始めたころだった。

「会いたいと思ったこと、なかったな。会えばいろいろ面倒なことになる。母親と上手《うま》くやっててくれれば、それでいい。俺が覚えてるのは十歳までの坊主だ。俺がやつらにしたことを思えば、その十年もありがたいと思わなきゃならん」

「奥さんは今どちらに?」

あっちだよ、と男が指差したのは西側の沖だった。

そろそろ帰ると告げると、石崎が「これで通報出来なくなったな」と笑った。里和はリュックに残った握り飯をふたつ彼に手渡し、手を振って別れた。五十メートルほど歩いたところで振り向いてみる。妻と息子が住む方角に傾きかけた太陽は、石崎の輪郭を黒く浮かび上がらせていた。逆光で、彼が海を見ているのかこちらを見ているのか分からない。もういちど軽く手を振った。黒い影が手を振り返すことはなかった。


『西港防波堤で釣り人転落死』の一報が入ったのは九月初めのことだった。防波堤に行こうと思っていた週末に風邪をひき、まだ咳《せき》が完全に止まらない。

場所はまさに先日里和が石崎を訪ねた西港防波堤の先端付近だった。転落死したのは年齢こそ六十だったが和田博嗣《わだひろつぐ》という浪花町《なにわちょう》に住む男だ。六十前後の男なら、あの場所には何十人もいた。消波ブロックから転落してしばらく浮かんでこなかったという男に申しわけないと思いながら、死んだのが石崎ではなかったことにほっとしていた。

二日後の朝九時に、報道部直通の番号に入った電話は里和が取った。相手は嗄《しわが》れた声の女だった。痰《たん》が絡んだ感じと強烈な浜言葉から、かなり年配の女だろうと考えた。女は金田《かねた》と名乗った。

「浪花町でアパートやってるもんなんだけどさ、山岸さんっていう記者さんいるかい」

里和が自分だと答えると、女は何度も「そりゃ良かった」と繰り返した。女はなかなか本題に入ろうとしない。しびれをきらし、用向きを訊ねる。

「いや実はさ、このあいだおたくの新聞にも載ったけども、海に落ちた和田さんのことさ。あんた、あの人とどういうつきあいだったのかと思って」

「和田さんって、西港の防波堤で亡くなった方ですか」

小さなため息が聞こえた。電話の向こうの女は、里和のひとことに失望した気配を隠さなかった。探るような口調から急にぞんざいな物言いになる。

「身寄りも何にもなかったらしくてさ。わたしもときどき釣れた魚もらったりしてるだけで、あの人のこと何にも知らなかったのさ。同じアパートの人の話だと、なんだか昔刑務所に入ってたこともあるとかで。嘘か本当かわかんないんで、うかつなことも言えないけど」

女の語尾がイントネーションのせいだけではなく濁った。里和は嫌な想像を振り払い、なぜ自分に連絡をくれたのか訊ねた。

「部屋、このままにしとくわけにもいかんべさ。部屋におたくの名刺があったもんだからさ。悪いんだけども今日か明日にでもちょっとこっちさ来てくれるかい」

肌がざわつくのは、治りきらない風邪のせいばかりでもなさそうだ。里和はアパートの住所をメモしたあと、六時以降に行くと告げた。紺野が横でふんと鼻を鳴らした。

石崎の本名は和田博嗣で、連絡先は新聞記者の山岸里和ひとり。署名記事の着地点がいきなり現実となって目の前に現れた。

紺野が席を立った。取材から戻ったり出掛けたり、記者が忙しく出入りしている。里和はパソコンの画面を見た。

――なんだか昔刑務所に入ってたこともあるとかで。

アパートの大家のひとことを確かめなければならない。紺野が席に戻ってくる様子はなかった。いつも机の足下にある鞄《かばん》も消えている。里和はパソコン画面の社内LANにアクセスした。

『和田博嗣』

名前だけで五本の記事が検索項目に現れた。「完全非提供」の注意書きが出る。社外には持ち出せない資料である。和田博嗣に関する項目は、二十年前の殺人事件と逮捕時の自供内容、求刑、判決。そして今回の転落死亡の記事だった。里和はいちばん上から順に開いた。

事件当時の住所は札幌だった。

四十歳の和田は五月の連休明け、北海道十勝《とかち》郡H町の実家に戻っていた妻子を迎えに行った。事件当日、札幌から鉄路とバスを乗り継いで妻の実家に現れている。

理髪店をたたんだ和田は博打で出来た借金を消費者金融から借りて払い続け、取り立てが厳しくなったころ――事件の半年前――妻子だけ実家に戻していた。

事件は働き口を見つけて返済の目処《めど》を立てた彼が、やっと妻と子を迎えに行くことができるようになった矢先のことだった。

妻の実家を訪ねた和田を待っていたのは、昔の男とよりを戻して妊娠していた妻だった。呆然《ぼうぜん》とする和田を妻の両親が「こうなったのもお前のせいだ」となじり離婚届をたたきつけた。そのあとすぐに和田は相手の男の家へと向かい、口論の末刺殺する。裁判での争点は「傷害致死か殺人か」に絞られた。

求刑は懲役八年、判決は七年の実刑だった。

西港の防波堤で会った石崎と、社外持ち出し禁止のデータに残る和田博嗣が同一人物であるとする根拠は、今のところ彼の部屋に残されていたという里和の名刺一枚だった。石崎が落とした名刺を、和田という男が拾って持っていたのかもしれないと考えてみるが、すっきりとはしない。

里和は急いで事件のあった「十勝郡H町」と、刺殺された男の名前をメモしてデータベースを閉じた。まずは里和の名刺があったという和田博嗣の部屋に行ってみるしかない。

午後六時半、案内された「かねたハイツ」の一室は、どこかに腐った魚でもあるようなにおいがした。

大家の金田トシは里和に何度も、和田とは本当に西港で会っただけかと訊ねた。港の取材で一度会っただけだと答えてもまだ疑う眼差《まなざ》しを向けている。

「とにかくもう、身内を捜そうにもこの辺の誰も何も知らないんだわ。ここに住みだして九年くらいになるけど、わたしだってまさか和田さんが前科者だとかなんだとか、根掘り葉掘り訊《き》くわけにもいかないっしょ。保証人はお金払ってアパート組合に頼んでたし。金払いはいい人だったんだ。これでも魚だのなんだのっていうゴミはみんな捨てさせてもらったんだよ。でも駄目だねぇ、やもめに部屋を貸すとわけの分かんないにおいが取れなくてさ」

九年だもんねぇとつぶやいたあと彼女は、できれば部屋にあるものを処分してもらいたいのだと言った。

「わたしは彼が和田という名前だったことも知らなかったんですが」

「あの人、あちこちでそうだったらしいよ。麻雀荘《ジャンそう》で稼いだり場外馬券場に行ったりしてたらしいけど、会う人会う人、みんな違う名前で呼ぶんだとさ。二階の端の部屋にもうひとり年寄りのやもめがいるんだけど、同じようなところに出入りしてたのか、行く先々でよく会ったそうだよ。コマイやカレイや、最近はアキアジなんかも釣ってたみたいだ。まさか慣れた釣り場で足を滑らせるなんてねぇ。気のいい人だったんだけど」

結局和田博嗣の葬式を執り行う者が誰もおらず、遺骨は市が預かっているという。

「そういう人が増えてるって、役所の人が言ってた。この時代ゴミを出すのも金がかかるんでね。和田さんを知ってるなら、おたくにそれを頼みたかったのさ」

札幌にも辿り着ける血縁を見つけられなかったという。炭鉱が閉山になったあと、一年前まで港湾の日雇いをしていたというのは本当だった。大家が、行動半径が同じだったという二階の住人を連れてきた。

「馬券場で知り合った男が、和田さんのムショ仲間だったんだ。詳しいことは知らねえよ」

彼もまた、和田の部屋を覗いて金目のものがないことを確認してから自室に戻っていった。

じめじめとした六畳二間の部屋には、敷きっぱなしの薄い布団と小さなブラウン管テレビ、魚釣りの道具類が入った箱と数本の竿、作業ズボンやTシャツ、上着が積まれた段ボール箱が置かれている。

テレビの前に銀色のアルミ箔を丸めたものが転がっているのを見つけた。アルミ箔の玉を拾い上げる。おそらく里和が渡した握り飯を包んでいたものだ。きれいな球体だった。元は床屋だったという男の、手先の器用さを物語っている。釣り針や包丁を扱う手さばきを思い出す。

小さな蜘蛛《くも》が布団の脇を壁に向かって進んでいた。里和はしばらくのあいだ、和田が丸めたアルミ箔の見事な丸みを見つめていた。しびれをきらしたふうの大家が玄関口で里和に声をかけた。

「やっぱり駄目かね」

「お家賃はいつまで支払われているんですか」

大家は言いづらそうに来月分まで、と答えた。それで処分できるだろうとは思ったが、彼女が先に口を開くまで待った。大家が大きなため息をつく。

「仕方ない。それじゃあうちが何とかするわ」

もう帰ってくれと言わんばかりの態度で彼女は、エプロンのポケットから里和の名刺を取り出し、返して寄こした。

里和はその足で和田の遺骨が安置されているという紫雲台《しうんだい》墓地の納骨堂を訪ねた。現在六百三十を数えるという遺骨の、いちばん新しい席に和田がいた。

「これ、全部身寄りのない人の遺骨なんですか」

案内してくれた僧侶《そうりょ》が、神経質そうな口元をへの字にして手を合わせた。

「これ以上は無理というところまで、お捜しするんです。親戚が見つかっても、引き取り拒否が大半です。生きてるあいだも死んでからも、行き場のないご遺骨ばかりです」

遺骨は「官報」に「行旅死亡人」という名目で載せられたあと、誰も引き取り手が現れなければ無縁仏として葬られるという。里和は手を合わせ、その場を後にした。

自分の部屋に戻り、ノートパソコンの横にアルミ箔の球とよれて汚れた名刺を並べた。硬いアルミの球の中に、男の孤独が詰まっている。

翌週の休日、里和はH町を訪ねることにした。消波ブロックに打ち寄せる波にのまれて死んだ男のことを考えると、なぜかひどく喉が渇く。

署名記事――。

圭吾の弱さに引きずり込まれそうになりながら、それでもまだ自分は立って歩いている。里和が自分の居場所を確かめられるのは、ワンルームの部屋の中でも居心地の悪い職場でもない。自分の名前が刻まれた記事しかないのだ。追いつめられているという実感はなかった。言葉にならない閉塞感《へいそく》がいい仕事を連れてくるのなら、望んでそこへ行くだけだ。

帯広《おびひろ》駅に着いたときはまだ残暑を感じる気温だったが、路線バスに二時間ほど揺られているうちに、風が晩秋を思わせる冷たさに変わった。もとは鉄道の駅舎だった建物がバスターミナルになっていた。途中、愛国《あいこく》―幸福と続く地名と寂れた景色が気持ちの内側にずれを生んだ。更に「新生《しんせい》」という名の停留所も、ひどく皮肉めいているように思えた。

妻子を迎えに行くときの和田の気持ちを思った。事件は五月の連休後に起きている。桜が沿道を飾っていたかもしれない。どんなに想像しても、彼の心根まで辿り着くことはできなかった。

　里和は駅前から少し逸《そ》れた場所にある古い個人商店の引き戸を開けた。飛び込みで入って話を聞けそうなところはそこしかなかった。通りのずっと向こうにコンビニの看板が見える。訊きたいのは二十年前の話だった。新しくて入りやすい場所に収穫があるとも思えない。

　レジの横にある電気ストーブの前に座っているのは店番の老婆だ。上っ張りとジャージ素材のズボン姿に、花柄の黒い前掛けをしている。酒店の看板がでているが、並んでいる商品はいつ買われて行くのかわからない日用品や缶詰やペットボトルの飲料水、仏花や袋菓子だった。

　名刺を渡し、二十年前の刺殺事件について訊きたいと切りだす。老婆はすかさず「石崎さんのところのかい」と聞き返した。そうだと答える。老婆は一瞬渋い表情を浮かべたが、拒絶というほど強い気配は感じなかった。石崎というのは妻の旧姓だった。

「あそこの娘婿が、包丁振り回したって聞いたときはたまげたねぇ。こんなこまい町で人殺しなんてさ。やっちまったあとはおとなしいもんだったって聞いたけど、あの男、もう刑務所から出たんだろうね」

「事件のこと、覚えていらっしゃいますか」

「あのとき使った包丁はうちで買ってってたんだ」

老婆は今でも男の人相を覚えていると吐き捨てた。

「あれからいっさい刃物は置かないようにした。売れば買うやつがいるし、何に使われるかわかったもんじゃないし」

石崎家の場所を訊ねた。裏通りをまっすぐ歩きひとつ目の交差点を右に曲がって三軒目だという。

「今は娘さんひとりでいるんじゃなかったかね。六十近くにもなって娘でもないだろうけど。床屋やってるよ。手職ってのはいいもんだ。親もとうに死んでるし、子供ふたりはずいぶん早いうちに町を出たはずだよ。上の子は荒れてたねぇ。下の子は女の子だったけど、これもまぁ、まっすぐ育った感じはしなかった。殺した男と殺された男の子供だもん。みんな忘れちゃくれないよ。娘さんの父親は町議までやったんだけども、そういえばあの事件から、あそこの家はみんなぱたぱたと体調崩したっけねぇ」

里和はペットボトルのお茶とアーモンドチョコレートを買い、礼を言って店を出た。

和田博嗣の妻に会う。そして夫が不慮の死を遂げたことを告げる。当然、名刺を出さねばなるまい。あれこれと考えながら歩いていると動悸《どうき》が増した。男の妻のつぶやきを、最後の一行にしようと決めていた。書きたい記事はそこで完璧《かんぺき》になる。

目指す理髪店は老婆が言ったとおりの場所にあった。古い住宅街の片隅、見落としてしまいそうな小さな店だった。住宅のひと部屋を切り取り、軒先で商売をしている。里和は遠慮がちな看板の前で立ち止まり、店のドアを開けた。

店内は古びた理髪用の椅子と、待合い用のひとり掛け椅子がひとつあるきりだった。カラーボックスにはびっしりと雑誌や漫画誌が詰まっているけれど、何年前のものかわからない。床屋独特の消毒液のにおいがする。里和が小学校に上がるころには理髪店へ行くのは父親だけで、いつの間にか姉とふたり連れだって街角の美容室へ行くようになった。

店内には誰もいなかった。突き当たりにあるドアの向こうで来客を報《しら》せる電子音が鳴っている。店を開けている以上誰もいないということはないだろう。里和は辛抱強く店の入口で人が出てくるのを待った。

店内を見ていると、ドアの向こうから栗色の髪を耳の下で切りそろえた色白の女が現れた。

「お待たせしました」

もっと所帯やつれした貧相な女を想像していた。女店主の、すっきりとした鼻筋や切れ長の目に、ひかえ目な化粧が似合っている。里和は彼女の美しさに驚いた。彼女もまた、里和の来店に戸惑っている様子で、窺《うかが》うようにこちらを見ている。

「今日は、どうなさいますか」

馴《な》染《じ》みの客に支えられた店構え、通りすがりの客が立ち寄ることは稀《まれ》だろう。

咄嗟《とっさ》に「カットをお願いしたいんですが」と言っていた。肩までの髪をひっつめているので、美容室へ行くのも半年に一回だった。どこで切ったところで大きな違いはない。

「どのくらいお切りいたしましょうか」

「毛先、五センチくらいお願いします」

理容椅子は左の肘《ひじ》掛けがぐらついていた。女店主は「なんもかんも古くて」と申しわけなさそうに笑いながらカットの用意を始めた。ケープの紐《ひも》を縛りながら、苦しくはないかと訊ねる。大丈夫だと言うと消毒器の中から道具を取りだした。

「お客さん、こっちの人じゃあないですね」

霧吹きで濡《ぬ》らした髪をブロックに分けてひねり、まとめながら彼女が言った。分かりますか、と問うと「言葉がきれいだもの」と答えた。

「こっちの人はね、いろんなところから入植したり流れてきた人たちが多いから、本当にいろんな方言が混じってるんですよ」

里和は生まれが札幌であることを告げた。

「今日はお仕事かなにかですか？」

日曜の午後に旅先で髪を切る女を珍しがっている。帯広まで来たので足を延ばしてみたが、こっちにいる友人があいにく留守だったということにした。女店主は、連絡も取り合わずにいきなり友人を訪ねることを、不思議にも思わぬ様子で髪を切り始めた。

「帰りのバスまで時間があるので、せっかくだからカットしてもらおうと思って」

彼女の暮らしは静かでも安定しているようだ。二十年前の出来事を忘れてくれるはずもない土地で、自分の居場所を守っている。

「ここ、おひとりで経営されてるんですか」

女店主は鏡越しに「はい」と答えた。

「ひとり食べるのがやっとですからね。人を雇うのは無理だし、だいたいお客様もひとりで間に合うくらいしかきてくれません」

「ずっとこの町にいらしたんですか」

「若いころは札幌です。生まれがここなんで、四十くらいのときに戻ってきたんですよ」

故郷に戻ったきっかけを訊く際、動悸で上半身が前後にゆれた。根掘り葉掘り訊ねていることを詫《わ》びる。

「離婚しちゃったんで」

女店主は手を動かしながら照れて笑った。なんの卑屈さも漂ってはこない。気付かれぬよう深呼吸をする。彼女が今、無縁仏となった元夫のことをどう思っているのか、どう訊ねればいいのか必死で考える。黙っていても、この女の口から苦労話などひとつも出てこないような気がした。

あれこれと迷っているうちに、カットが終わった。手鏡を渡され、椅子がくるりと向きを変えた。里和は手鏡の向こうにいる彼女に視線を合わせた。微笑む目に、小さな光がある。満ち足りた笑顔だった。

半ば恐怖に近いほどの罪悪感が里和の身を通り過ぎた。消波ブロックの上で、打ち寄せる波に震えたときに似ている。足下で波が砕け、一歩も前に進むことができない。帰る道筋がわからない。彼女の微笑みが自分を責めているような気がして仕方なかった。

「いかがですか、もう少し切りましょうか」

大丈夫だと答える。声が震えないようにするのが精一杯だ。なぜ訊ねることができないのか、必死で考えてみるが納得のゆく答えはどこからもでてこなかった。

和田博嗣の元妻に事件を思いだしてもらうつもりだった。「後悔」でも「恨み」でもなんでもいい、無縁仏に似合うひとことを聞き出せば記事は完璧になる。

妻の不貞をきっかけにして殺人まで犯した男A。思いもかけない死。事実を知った元妻のコメントが、記事の最後の一行を飾る。そのためにH町にやってきた。なぜ今になって迷いが生じたのか、考えれば考えるほど混乱が増してゆく。

首に巻かれたケープが外された。鏡にはまだ女店主の笑顔があった。カット代を受け取った彼女は、昔ながらの職人の風情をその肩先に残して、白いうなじが見えるほど深々と頭を下げた。

石崎理髪店を後にして、里和は先ほど降り立った古い駅舎のバスターミナルまで歩いた。やりきれない気持ちが、徒労に終わりそうな旅を余計に暗くみじめなものにしていた。

記事にするには、記者として名乗らなければならなかった。里和は和田の妻に名乗るチャンスを逃した。それどころか、元夫の話題すら振ることができなかった。情に流れた。記事を書こうと思ったときは人として、彼女に会ってからは記者として敗北していた。なぜ自分は「アテる」ことができなかったのか。考えれば考えるほど紺野の皮肉めいた言葉が耳奥で響く。

――甘いんだよ。

閑散とした待合室で、アーモンドチョコレートをひとつかじったときだった。

「お客さん」

駅舎の入口に石崎理髪店の女店主が立っていた。彼女は里和の顔を見てほっとした表情で近づいてきた。数歩前で、右手を差し出す。広げた手のひらに、百円玉が二枚。

「シャンプーなしだったでしょう。わたし、お釣り渡すのすっかり忘れちゃって。ごめんなさい」

里和は自分の手に百円玉を二枚のせたまま、女店主の顔を見ていた。彼女の笑顔は店にいたときと少しも変わらない。里和はあわてて礼を言った。ふたりとも何度も頭を下げ合った。ひとつ息を吐いて、諦《あきら》めの表情で彼女が言った。

「お客さんが来られるちょっと前に、坂東《ばんどう》商店の婆ちゃんから電話があったんです。新聞記者さんなんですよね。わたしに何か訊きたいことがあったんじゃないですか」

笑みの消えた瞳から目を逸らす。

「あの人、また何か事件でも起こしたんでしょうか」

和田の死を口にすることができなかった。無縁仏がひとつ減ることと、里和自身の罪悪感と、彼女の今までやこれからを秤にかけることもできない。どれもこれも、まったく別のところで生まれて消えねばならぬ運命に思えた。

里和は首を横に振った。この小さな町で、人の善意や悪意に等しく頭を下げながら暮らしている女を思った。風だけ残してこの場を去ることはできない。

「古い事件のあった町を歩いてるんです。まさか当事者の方にお会いできるとは思ってもいなくて。お騒がせして申しわけありませんでした。どうかお気を悪くなさらないでください」

彼女は小さく「そうでしたか」とつぶやいたあと、再び里和に笑顔を向けた。

「もしあの人に会ったら、元気でいてくれるよう伝えてください。わたしもこのとおり元気でやってますって」

上手く微笑むことができない。

女店主は、手を振って駅舎から出て行った。

日除《ひよ》けの影が角度を変えていた。大型バスが通りを横切って駅舎の前に停《と》まる。この町の視線がすべて自分に向けられているような錯覚のなか、里和はバスに向かって歩きだした。

起終点駅<ruby>ターミナル</ruby>

裁判所へ続く坂道は、ゆるく左へとカーブしていた。

狭い歩道を百メートルと少し歩く。

鷲田《わしだ》完治《かんじ》は坂を上るときいつも、海が建物に遮られる手前で足を止めた。九月の太陽をうけてきらめく凪《なぎ》の太平洋を視界に入れる。今日はひときわ晴れている。夏らしい夏は、今年もなかった。

釧路《くしろ》の街にやってきてから三十年のあいだ、待つともなく夏を待ち、結局出会えないまま秋を迎えることを繰り返していた。

国選弁護しか引き受けない鷲田完治を、街の同業者はみな「変わり者」と呼んでいる。距離を置く同業者が半数、理由もわからずに気の毒がる者が半数というところだ。企業のひとつやふたつ抱え込み、顧問料を取ればもっとましな暮らしができるのに、と言ってくれるのはまだいい方だ。完治の頑《かたく》なさに「正義漢ぶりやがって」と陰口をたたく者もいる。そういう人間も必要だと庇《かば》ってくれた弁護士も、去年引退した。経済的に冷え込んだ街と高齢化した弁護環境は、どちらもゆるやかに終末へと向かっている。

釧路地方裁判所の刑事事件法廷、椎名《しいな》敦子《あつこ》三十歳の覚醒剤《かくせいざい》使用事件は、鷲田法律事務所の九月に入って最初の仕事だった。裁判所の夏期休暇月間も終わり、仕切り直しの法廷である。被告人の態度はおよそ反省の色なし、というところだ。調書を読む限り、実刑判決が下るような事件でもなかった。

執行猶予がつくことを予《あらかじ》め知っていて裁判を小馬鹿にしている、というのが完治が被告人に抱いた印象だった。

被告人陳述――。

椎名敦子はちらりと弁護人席を見たあと、「別に、何も」と応《こた》えた。完治が国選弁護人となって勾留《こうりゅう》施設に接見に行ったときから、この女の態度は変わらない。

「初犯で、常習性も認められないので、執行猶予がつくはずです」

「どうせ国選なんでしょう。頑張らなくてもいいですよ」

「国選でも私選でも、弁護士の仕事は変わりません。裁判には判例ってのがあります。あなたが罪をすべて認めている以上、誰が裁いても大きな違いがないんです」

彼女の投げやりな態度は、二日間の法廷でも変わらなかった。

被告人を、懲役二年執行猶予三年に処す――。

翌日の判決言い渡しは十時五十分から始まり、およそ五分で終わった。手錠を外されても椎名敦子の表情は変わらなかった。書類を片付け廊下に出た完治に一礼すると、彼女はすぐにその場から去っていった。最初から最後まで無愛想でとおした。完治は首をぐるりと回した。法廷横の廊下から見える太平洋は、陽《ひ》を浴びて波の一枚一枚が光っている。

刑事部フロアに続く廊下を曲がってきた人影が「鷲田さん」と声をかけてきた。

「今年の夏は霧が少なかったそうですね」

刑事部左陪席《ばいせき》の篠原《しのはら》だった。法服姿ではない。おそらく完治が法廷にやってきていることを知っていて部室から出てきたのだろう。ひょろひょろとした篠原は、今年の四月に東京地裁から赴任してきた若手判事だ。

「どうですか、釧路には慣れましたか」

「夏はいつ来るんだろうと思ってるうちに、九月になりました。夏休みは東京に帰ったんですけど、あんまり暑くてこっちの涼しさが恋しくなっちゃいましたよ」

ところで、と篠原がわずかに声を潜めた。

「ちょうど今年、大学のゼミの同窓会があったんですが、鷲田さんが堂島恒彦《どうじまつねひこ》君のお父さんというのは本当ですか」

五歳のときに別れたきりの息子の名前に内心動揺しながら「ええ」と答えた。篠原の表情がぱっと明るくなった。

「僕、彼とゼミが同じだったんですよ。今回は会えなかったんですけど、ちょっと話題になったもんだから。卒業後どうしてるのか、どうしても来てない人間の話になりがちでね、ああいう会って」

篠原の話を聞くまで完治は、養育費を送り続けた息子が自分と同じ東北大学の法学部に進んだことを知らなかった。また、彼が司法研修所に進むでも裁判所に入所するでもなく、埼玉で検察事務官をしていることを聞くのも初めてだった。

「堂島君とは、何度かコンパなんかで隣に座ったことがあるんです。静かで真面目《まじめ》な人だったから、僕みたいなちゃらけたヤツは相手にしてもらえませんでしたよ」

篠原の口ぶりにどこかしら傲慢《ごうまん》さを感じないこともなかったが、田舎《いなか》に赴任してきたばかりの若い判事にありがちなごく普通の態度だろう。地方で二年間みっちり部長に仕込まれて、東京に戻るころにはプライドもすり減っているはずだ。完治は適当に話を合わせ、裁判所を出た。

いつしか坂を下る際、足下に気を遣うようになった。老いによる心細さと気づいたのはつい最近のことだ。坂を下りきり、海に背を向けて五分も歩けば『鷲田法律事務所』が見えてくる。看板など掲げていない。小さな平屋である。

三十年前に五百万で売りに出ていた中古住宅を購入し、そのまま使い続けている。法律事務所というにはあまりにみすぼらしかった。水道や電気系統など、ここ数年は毎年のように不具合がでてくる。

家の前に黒いアウディが停《と》まっていた。フロントガラス以外はみな真っ黒で、外からは中が見えなくなっている。磨き込まれたアウディの運転席側のドアが開いて、中から黒っぽいスーツを着た男が降りてきた。

「先生、お久しぶりです」

大下一龍《おおしたいちりゅう》だった。誰もオオシタとは読まず、陰では「たいした一流」と呼ばれている。組長が自ら車を運転する程度の、小さな組事務所の二代目だ。体格の良さは父親譲りで、五年前に代替わりをして組長となった。

完治は十五年前に一龍が起こした傷害事件を担当した。一龍が跡目を継ぐころに父親の顧問弁護士が鬼籍に入ったこともあって、この五年間ずっと顧問を引き受けてくれるよう口説かれ続けている。

『鷲田先生みたいな孤高の弁護士ってのが、私は嫌いじゃあないんですよ。うちはまっとうな一企業です。名前こそ組なんて付けてますが、親父《おやじ》の代とは違って今じゃただの投資家です。どこの顧問もお引き受けにならないと聞きましたが、どうかそこを少しばかりお考え直しいただけませんか。顧問が駄目なら相談役でも構わないんです』

会いにくるたびに一龍は同じことを言った。完治は彼が口を開く前に、顧問の話なら断る、と先手を打った。一龍が余裕のある笑みを浮かべた。

「今日は、先生が担当された女のことでちょっと」

立ち話で、まして今終わったばかりの公判の話はしない、と突っぱねる。俳優にでもなれそうな強い瞳と端整な顔立ちをした彼の、頬骨《ほおぼね》が持ち上がった。一龍は磨き込まれた革靴で、石ころをひとつ完治の足下に向かって蹴飛《けと》ばした。

「あの女、男のことで何か言ってませんでしたか」

「男って、誰のことだ」

「女にヤクを炙《あぶ》った阿呆《あほう》のことですよ。あいにくうちの社員だった。どこから手に入れたのかパケをいくつか持って逃げてます。そんなもん、売ったっていくらにもなりませんからどうでもいいんですけど。そういうちんぴらを放っておくのは他の社員のためにもなりませんのでね」

まっとうな企業を名乗る会社にちんぴらがいることがお笑いだった。大下一龍はアウディのドアに背中をもたせかけ、パンツのポケットに両手を入れた。どこから見ても立派な極道だ。

「先生、いつも言ってますけど、うちはまっとうな会社なんですよ。正真正銘の会社組織なんだ。そこんところ、他人様《ひとさま》にちゃあんとわかってもらえたらこんな苦労してませんって。駆け出しのころ、親父のもとを離れたときにけちな喧嘩《けんか》でお世話になって、先生とはそれからのつきあいです。あのとき親父は助けてくれなかった。馬鹿な息子にお灸《きゅう》をすえるつもりだったんでしょう。執行猶予がつかなかった私に、先生はおっしゃった。量刑ってのは更生を見据えて与えられるものだって」

一龍の目が優しげになった。子供を見る父親の目つきだ。

「あの日からずっと、普通の経営者になろうと思ってがんばってきました」

彼が起こした傷害事件は、正当防衛か過剰防衛か、が争点だった。ちんぴら同士のちゃちな喧嘩かと思われた事件。何よりまず、一龍の喧嘩の腕が良すぎたことが不幸だった。実戦経験のある父の側近に子供のころから鍛えられていたとなれば、どこでどうすれば人が死ぬのかまで計算ずくで殴り合いができる。相手は一龍の拳《こぶし》だけで、意識不明の重体まで痛めつけられた。父親は息子の事件に弁護士を立てなかった。たしかに、お灸の意味もあったかもしれない。

「普通の会社の社員はパケ持って逃げたりしないよ」

「だから困ってるって言ってるんですよ。あの女、男の居所を吐きませんでしたか」

「調書には名前も載ってなかった」

椎名敦子は終始一貫、店の客にダイエットになると言って勧められた、という証言を崩さなかった。雑居ビルに何軒も入っている、小さなスナックのコンパニオンだ。客の名前は知らないの一点張りだった。

完治は家に入ろうとポケットから鍵《かぎ》を取り出した。一龍が空を仰ぎ、先生、と呼び止めた。

「長年お願いしている件に関しても、もう少し前向きにご検討いただければと思ってるんですがね」

「どこの顧問も引き受けない。いつもお話ししてるとおりです」

「惚《ほ》れた女のために裁判官を辞めることができても、ですか」

完治は目を瞑《つぶ》った。ひっそりと生きてきた年月の蓋も、こんなにあっけなく開いてしまう日がくるのか。大下一龍がなぜ自分にここまで執着するのかを、瞑った目蓋の裏側に思い描く。ひとつだけ、引っかかったことがある。懲役一年六月の刑期を終えて事務所に挨拶《あいさつ》にやってきた彼の言葉だ。

「先生は表向きは弁護士でいらっしゃるけれど、法廷では裁判官なのでしょうね。私は先生に裁かれたような気がしております」

懲役生活で極道の道を選択せざるを得なくなった男は、服役前よりずっと極道らしくなっていた。

この男はずっと自分を恨んでいたのかもしれない。法廷では裁判官、という言葉が何度も耳奥で響いた。完治を自分の手駒《てごま》にするしか、気の済む方法がないのだとすれば、一龍の執念深さはこちらの想像を超えたところにある。

ひとりで青臭い正義の味方を気取るんじゃない、俺のいるところまで落ちてこい、と彼は言っているのだった。

「こんなしょぼくれた弁護士を雇ったところで、何もいいことなんかないだろう」

「そうは思いませんね」

一龍はにやりと笑って空を仰ぎ、「胸くそが悪くなるほどいい天気だ」と言って運転席へと滑り込んだ。

アウディが、後輪で砂利をとばして国道へ出て行った。完治はひとつ大きなため息をついた。

鍵を開ける。郵便受けに、何通かダイレクトメールが挟み込まれていた。完治は底のすり減った革靴を脱ぎながら郵便の束を引き抜き、玄関横の洋間に入った。一応事務室ということになっているが、机と本棚、ファクス付きの電話が法律事務所の体裁を保っているだけで、配置も薄暗さも三十年前となにひとつ変わっていない。応接セットも何もなかった。法改正で使い物にならなくなった法律本も段ボール箱に入れっぱなしで部屋の隅に積んである。事務室というよりは物置部屋だ。

大下一龍をこの事務所に上げたことはなかった。いつも玄関で対応する。大きく看板を出しているわけでもないので、法律相談にやってくる人間も年にひとりかふたり程度だ。

ダイレクトメールの束の中に、一通の白い封筒が混じっていた。見事な楷書《かいしょ》の墨文字で「鷲田完治様」とある。切手は折り鶴。差出人の住所は東京代々木《よよぎ》。結婚披露宴の案内状だった。新郎は五歳のときに別れたきりのひとり息子、堂島恒彦。ふと、裁判所の廊下で声をかけてきた篠原の傲慢な顔が過《よぎ》った。息子が結婚することを知っているかどうか探られたのかもしれない。

十月の最終土曜日、代々木にあるホテルで披露宴が行われると記されていた。新婦の名前は「理映子《りえこ》」。活字で見る息子の名前はよそよそしい。しかしそれ以上に完治のほうが彼に対して距離を感じていた。

養育費は、妻と子供のふたりきりなら、いくら物価が高い東京でも贅沢《ぜいたく》さえしなければ暮らせる金額だったと思う。完治は息子が大学を卒業するまで金を送り続けた。そのためだけに司法の現場から離れなかった。

別れた妻から初めて届いた手紙には、「長きにわたり、充分すぎるほどのご送金をありがとうございました。恒彦も無事就職いたしましたゆえ、今後はどうかお気になさらぬよう」とあった。

心の在処《ありか》が分からないほどすっきりした文面だった。どこに就職した、ということが一切書かれていなかった。篠原は、埼玉の検察事務官と言った。手塩にかけて育てた息子が法学部へ進みながら検察事務官に落ち着いてしまったときの、母親の思いを想像する。胸奥から苦いものがこみ上げてきた。永遠に父親を越えることのない息子への哀れみと、妻子を捨てた男への恨みつらみが、簡潔な文面に凝縮されていた。

背もたれのレザーが破れてすっかりみすぼらしくなった事務椅子に体を預けた。息子が結婚するという報《しら》せは、完治に経てきた月日の長さを教えた。

完治が道東の釧路で法律事務所を開いてから三十年が経《た》った。司法の現場以外で生きられない自分を呪《のろ》わなくなるのに二十年かかった。「元裁判官」という肩書きが薄れたのは、六十を過ぎたころだ。つぶしのきかない男だと自覚したのはもっと前だった気がする。

旭川《あさひかわ》地方裁判所の右陪席時代に辞職し、弁護士の看板をあげたのが三十五歳。息子を連れて東京の実家へ戻った妻と正式に離婚するのに三年を要した。完治の一方的な要求に妻は、理由を言うまで別れないと言った。完治は妻と子供に生活費を送り続けるために、釧路の街で弁護士になった。釧路を選んだ理由は、友人も知人もいない街だったからだ。

玄関の呼び鈴が響き、はっと目を開けた。少しの間をおいて、呼び鈴はもういちど鳴った。完治は空耳ではないことを認め、立ち上がった。

玄関ドアの前に立っていたのは、ついさっき判決が下ったばかりの椎名敦子だった。背は完治より頭ひとつ分低かった。百五十センチあるかないかだろう。アーモンド形の黒目がちな目と通った鼻筋、唇には手錠に繋《つな》がれていたときとは違い、薄い口紅がのっている。椎名敦子には三十という年齢には不釣り合いな、幼い勝ち気さがあった。

化粧をすればたちまち夜の女に変わる頬は、法廷にいたときにも感じていたが不健康な白さだった。留置先から荷物を受け取り、その足で鷲田の事務所に寄ったらしい。

「この度は、ありがとうございました」

さして感謝もしていなそうな口調で言ったあと、頭を下げた。挨拶のひとつもするようにと、誰かに諭《さと》されたのだろう。見事な仏頂面だ。

挨拶を終えたあとも、椎名敦子はなかなか玄関から立ち去る気配を見せなかった。仕方なく完治は事務室へと彼女を招いた。部屋の隅に立て掛けてあったパイプ椅子を、机の向こう側に開く。

彼女は短く礼を言うと、パイプ椅子に腰を下ろした。こもった空気を入れ換えるために窓を開ける。めっきり生長がゆるやかになった夏草の匂《にお》いがした。完治も仕方なく破れた事務椅子に座った。

「量刑ってのはあくまでも人生の更生に与えられたチャンスですから。無駄にしないでくださいよ」

「裁判官と同じこと言うんですね」

完治はため息をついた。

「弁護に不満でもありましたか」

椎名敦子は視線を逸らし、言葉を選んでいるような素振りをみせた。うっすらと埃《ほこり》のたまった机の角を見ている。完治は彼女の言葉を待った。

「お願いしたいことがあるんです」

裁判はついさっき終わったばかりだ。完治の眉間《みけん》に深い皺《しわ》が寄る。

頼みたいことがある、ともういちど言った。先ほどより切実な気配が伝わってくる。

「申しわけないが、国選しか引き受けないことにしています。私選弁護人なら、相談内容に合った同業者を紹介するということで勘弁してくれませんか」

国選しか引き受けないのは、完治が自分に課した最低限の縛りだった。真実を曲げてでも法律で食って行こうという気概は、辞職願を出したとき失っている。いやらしい尻《しっ》尾《ぽ》を引きずっている、という陰口は正しい。弁護士の懐を潤すには、法律を曲げないまでも、妥協と利用が必要だ。

息子の養育費が必要なくなった時点で仕事を辞めなかったのはなぜか。そんなことを思うたび、捨てきれなかった青臭い正義感に胸ぐらを摑《つか》まれた。

「どうしてですか」

「事務所を開くときに、そう決めたからです」

「どんなお願いかも聞かずに、断るんですか」

「裁判所から、国選の依頼がくれば別です」

「弁護士なのに」

腹立たしさを隠そうともせず、敦子が吐き捨てる。先ほどよりずっと目つきが鋭くなっている。窓から秋風が入ってくる。風は彼女から吹いてくるような気がした。両腕をかき抱くようにした彼女の爪《つめ》の先が、流れ落ちる涙のかたちをしていた。

「とにかく、私選の弁護も相談のお手伝いもしません。あなたのことも、国選だったから引き受けた。それだけなんですよ」

沈黙が続いた。時計を見ながら背もたれに体を預けた。おおよそ五分のあいだ、敦子は黙ったまま机の端を見ていた。

そろそろ帰ってもらおう、と完治が背もたれから背中を浮かせたときだった。

「捜して欲しい人がいるんです。手伝っていただきたいんです」

「行方《ゆくえ》をくらましているという男のことですか。大下組の」

女の視線が完治の眉間に据えられた。

「どうして知ってるんですか」

ここで一龍の名を口にするつもりはない。黙っている完治をまっすぐに見つめ、敦子が言った。

「先生は、どこの企業とも関わりを持たないって聞きました」

「もっと若くてフットワークの軽い弁護士もいるし、そっちを紹介します。こういう場合は警察の方がずっと役に立つし情報も持ってると思いますがね。企業と関わりを持たないのは、ただの面倒くさがりだからです。私は赤髭《あかひげ》弁護士でも正義の味方でもないんです」

彼女は充血した目を見開いて完治を見つめている。まだ粘るつもりかと、完治はわざとらしくため息をついた。好きなだけ粘ればいい。完治は事務室のドアを開けたまま、住宅にしている八畳の居間に引きあげた。

テレビの前にある座卓に、半分残したトーストの皿と、マグカップが置きっぱなしになっていた。紅茶はすっかり変色して濁っている。最近はソファーに寝転がり、テレビをつけたまま眠ってしまうことが多くなった。

皿とマグカップを台所のシンクに持っていき、硬くなったトーストをゴミ箱に放る。寝室に使っている六畳の和室は、ふすまを開けっぱなしにしている。ベッドの足下側に、スーツやワイシャツを掛けるパイプハンガーがあった。

シャツとコットンパンツに着替え、完治は埃っぽい寝室の窓を開けた。網戸にはいくつも穴が空いていてまったく役目を果たさない。住宅部分には台所付きの居間と寝室しかなかった。ただ眠って飯を食うだけの家。事務室があるだけましだと思うのだが、ときどき立ち寄る同業者は完治の暮らしを見ては残念そうな顔をする。

「お前さんを見ていると、なんだか侘《わ》びしくなってくる。この生活、何とかならんのか。裁判所の職員のほうがまだいい暮らしをしているんじゃないのか」

どうにかするつもりもないのだと答えると、同輩は決まって「ここにくると、あんな女房でもいないよりましに思えてくる」と言うのだった。

昼と夜の分の米を研いで炊飯器のスイッチを押した。外食は滅多にしない。人と関わるのが面倒で出歩くことをしないでいるうちに、新聞の生活欄に紹介されている簡単料理のレシピを切り集めるようになった。暇に飽かせて一品ずつ作ってみるうちに、いつの間にか料理が生活のなぐさみになった。といっても、そうそう手の込んだものではない。煮込んだり揚げたり、多少でも食材に手間を掛けているあいだ何も考えないのがいいようだった。

すべてが自由に見える生活は、案外不自由で心許《こころもと》ない。料理はそうした時間を埋める、ちょうどいい趣味だった。

完治は冷蔵庫から昨夜のうちに漬けておいたザンギ用の鶏肉を出した。スーパーから買ってきた皮付きのもも肉をぶつ切りにして醬油《しょうゆ》とみりん、胡椒《こしょう》と砂糖を混ぜたタレにひと晩漬け込んだものだ。油で揚げる直前に片栗粉をまぶすのだが、その粉加減を身につけるまで、しばらくザンギ三昧《ざんまい》の日々が続いた。しっかり会得したあとは、半月に一度出てくるメニューになっている。最近は細かく刻んだ長ネギとみりんと醬油、黒酢を混ぜ込んだ特製のタレをかけるようになった。これは夜中に寝転がりながら見た料理番組の再放送で覚えた。

酒も煙草《タバコ》もやらない生活は、料理と衛星放送の映画が埋めた。他人と関わらずに済み、かけようと思えばいくらでも手間暇のかかる趣味を得て、完治の生活はこの街を霧のように漂っている。

飯が炊けるころを見計らって油を熱し鶏肉を揚げ始めた。寝室から台所へ一直線に抜けてゆく秋の風が心地よかった。ひとつひとつ片栗粉をまぶし、一度強く握って油に落とす。こうすると口に入れたときの食感が良くなるのだった。

おおよそ一キロの肉をすべて揚げ終えるころ、飯が炊けたことを報せるブザーが鳴った。よし、と誰に向けるでもなくつぶやく。飯を蒸らしているあいだ、長ネギを刻んでかけダレを作った。

かけダレの味見をしているところへ、ドアをノックする音が聞こえた。

椎名敦子のことをすっかり忘れていた。慌てて居間のドアを開けると、先ほどよりいくぶん眼差《まなざ》しを柔らかくした彼女が立っていた。媚《こび》に見えなくもなかったが、決めつけるには間が悪い。

「さっきは無理を言って申しわけありませんでした」

彼女がまだ事務室にいたことより、そのことをすっかり忘れていた自分に愕然《がくぜん》とする。棒立ちの完治に構わず彼女は玄関へ出て、かかとの低いパンプスに足を入れた。慌てて廊下にでる。敦子は両手で大きな黒いメッシュのバッグを持ち、こちらを向いて深々と頭を下げた。裁判前の接見時から続いていた硬い態度はなりをひそめていた。

完治は急に、この女が不憫《ふびん》に思えてきた。覚醒剤を持って行方をくらましている男のことを、接見中も公判中も一切口にしなかった。ただ「知りません」「わかりません」と繰り返す態度が、捜査官や検察官の心証を害さなかったとはいえない。今の彼女を見ていると、執行猶予がつくことを見込んで裁判自体を小馬鹿にしている、という当初の印象もぼやけてゆく。

「男の名前は、何ていいましたかね」

完治の言葉に戸惑う様子を見せたが、敦子は小さく「大庭《おおば》誠《まこと》」と答えた。

「ひとりじゃ食べきれないくらい、鶏を揚げたんですが、一緒にいかがですか。ちょうど飯も炊けたところです」

なぜ急にそんなことを口走ったものか、当の完治にも説明はつかなかった。いいわけのように、嫌いじゃなければ、とつけ足した。哀れむのとは少し違う。小一時間事務室にいたことを忘れていた、という負い目だったかもしれない。

敦子は急にあどけない表情になり「はい」とうなずくと、パンプスを脱いだ。してやられたと思った。

先ほどまで被告人席に座っていた女と差し向かいで昼飯を食べていた。

「美味《おい》しい」と敦子が言った。繁華街にある専門店よりずっと旨《うま》いとお世辞めいたことまで口にする。

長いこと完治にとって、他人と飯を食べるのはひどく億劫《おっくう》なことだった。人と関わらずに済ませていた三十年が、こんなことで簡単に裏返ってゆくのが意外で仕方ない。箸《はし》を持つ彼女の指は細く、爪は涙のかたちに整えられていた。ついそこに目が行ってしまう。

乾燥わかめと油揚げで適当なみそ汁を作ったが、少し味が薄いようだった。

「みそ汁、口に合わないようだったら残してください」

敦子は「美味しいですよ」と言って笑っている。見かけは細いけれど、食はけっこう太いようだ。子供の拳ほどもあるザンギからめくれた皮を、ばりばり音をたててかじっている。タレを足し足し、いつもならば完治が昼と夜、あるいは翌日の朝までかかって消化する量を昼飯の一度で平らげた。

「先生、お料理が得意なんですね」

「新聞の切り抜きで覚えた簡単なものしか作れません」

「レパートリーはどのくらいあるんですか」

「このとおりひとりで自由にしてるんで、やたらと時間をかけたビーフシチューとか、ミートソースだとか、時期になったらイクラも漬け込むし、冬場は白菜の漬け物も漬けます」

敦子は「年季の入った主婦みたい」と言って笑う。たしかに、三十年も煮込み料理を作ったり漬け物なんぞ漬けていれば、そこそこの知識は得たかもしれない。

食後のお茶を淹《い》れようにも茶葉を切らしていた。仕方なくインスタントのコーヒーにして、砂糖は要るかと訊《たず》ねた。敦子はうなずき、完治を見上げて言った。

「さっきのこと、ごめんなさい」

「あなたが事務室にいたことも忘れてた。謝るのはこっちのほうです」

「わたし、そんなに存在感ありませんか」

「いや、自分の年のせいです。六十五ですから。いいかげん物忘れがひどくなるのは仕方ない」

彼女は、今度はあきらかに媚を含んだ眼差しで、ひとつ訊《き》いていいだろうかと言った。スティックふたつ分の砂糖を溶かしながらうなずいた。ザンギの皮で頬の内側に傷がついたらしい。熱いコーヒーが染みる。風がまた完治の横を通り抜けて行った。

「あの人、捕まったらどのくらい出てこられないんですか」

「前科や常習性、余罪や情状でずいぶん違います」

「二年前に、一度捕まってます。執行猶予中でした」

「罪状は何だったんですか」

窃盗――。

「今持っているものも、どこで手に入れたのかわからないんです」

敦子の言葉が途切れた。

「あとは警察に任せなさい。下手に関わると、あなたの執行猶予もなくなる。まずは自分の身を守ることを考えたほうがいい」

敦子の視線がテーブルに落ちた。ザンギを食べていたときの明るさはなかった。完治の言葉の意味が飲み込めているとも思えない。一度法を犯してしまうと、人間の内側の、ある種の境界線が曖昧《あいまい》になる。彼女もまた、向こう側に足を踏み入れてしまった人間のひとりに違いなかった。

被告人に対するあきらめと、更生への期待の狭間《はざま》で祈る。ふと、この祈りが誰に対してのものなのかわからなくなった。

女の視線の先が、テーブルの上で揺れた。

こんな目をする女を昔、知っていた――。

*

一九六〇年代後半、完治は学生運動の真ん中にいた。仙台の街にも嵐が吹き荒れていた。中央の運動家たちと連携する人間も多く、追われている人間を匿《かくま》うアジトもあった。

さして面白いこともない学生生活だった。成績がずば抜けていいわけでもない。どこから調達するものか、運動家たちが集《つど》うアジトには酒と煙草だけはたくさんあった。完治は酒が飲みたくなると怪しげなアジトで飲んだ。部屋に集まる男たちと吼《ほ》えた。一晩中酒と煙草に埋もれていた完治にある日、切れ長の目をした女が近づいてきて言った。酔った頭でも、それが二期下の篠田《しのだ》冴子《さえこ》だということはわかった。

「鷲田さん、最高に似合わないことしてる」

射るような眼差しだった。あのひと言がなければ完治が司法試験に本腰を入れることもなかった。

「ねぇ、どう生きるかとどう泳ぐかは違うでしょう」

「どういう意味だ、それ」

「ゲバ棒持って世の中を泳ぐのって、格好悪いと思わない？　結局、藁《わら》にしがみついてるみたいで。あの人たちが握っているのは、藁よ」

ゆらりと女のほうへ、気持ちが傾いた。なにが格好いいのか悪いのか、わからないいま完治は冴子とふたりで暮らし始めた。アジトで酒を飲むこともなくなり、当然活動からも遠ざかった。周囲はそんなふたりに冷ややかな目を向けたが、しがみつく藁が要らない生活は完治を楽にしてくれた。

湿った布団の中で抱き合いながら、冴子はよく占いの話をした。おひつじ座は望むと望まざるとにかかわらず、常に闘いに導かれている。そう言って完治の優柔不断さを笑い、そんな男を支えるのは風の星座である天秤座《てんびん》だという。

「俺は別に、誰とも闘いたくないよ」

「でも、司法試験も闘いだし、受かって勝ち残るのも闘いの果てだし、めでたく現場に出れば、仕事自体が勝ち負けじゃないの」

返す言葉がないときは女の体に埋もれるしかなかった。

一年半にわたる同棲《どうせい》生活は、冴子が支えた。些細《ささい》な不協和音はあったが、別れの決定打とは思わなかった。試験に受かれば、生活もその後の見通しも、すべてが変わるはずだった。

完治の予感は半分当たった。冴子は司法試験合格発表の一週間後に、ふらりと姿を消した。心当たりはすべて捜した。バイト先、親しい友人、買い物先の店員にまで、彼女のことを訊いて回った。冴子が消えた理由がわからなかった。捜す先がなくなったあとは、こうなる予兆を見逃していたかもしれないと考えるようになった。考え続けた完治の胸に、ひとつ気になる会話が浮かび上がった。

「今日ね、お店に胡散《うさん》臭い占い師ってのがきたの。よくいるのよ、手相を見てあげるっていう人。女の子の手を握りたかったら、これがいちばんだから」

水商売でしか、ふたりの生活は支えられなくなっていた。女とふたりで暮らしていることを知られて、仕送りを止められたからだ。退路はなかった。それは冴子も同じだったはずだ。

「手、握られたりするんだ、やっぱり」

少し卑屈に響いたかもしれない。冴子が笑った。

「短命だよって言ってた。大きなお世話よねぇ。人のことだと思って、あっさり言ってくれちゃって」

完治が黙って聞いていると、笑い声がすこし高くなった。

「でもね、それもいいかなって思った。誰にも迷惑かけないで、あっさり。夢みたいだね。どうせなら若いうちがいいな」

大学を辞めていたことまでは突き止めた。もっと捜そうと思えばいくらでも手はあったはずだ。でも、そうしなかった。一生頭が上がらない女に感じた、一抹の鬱陶《うっとう》しさが完治にそれ以上の行動を起こさせなかった。冴子もまた糟糠《そうこう》の妻などという居場所を欲していなかったのだと思うことで、完治は心とその後の生活に折り合いをつけた。

冴子に再会したのは、旭川地裁の刑事部で右陪席をしている三十四歳のときだった。

結城《ゆうき》冴子三十二歳。罪状は覚醒剤取締法違反。調書によれば、所持していた〇・五グラムの覚醒剤は、自分が使う目的であった、とのことだった。

裁判の流れにはなにも問題がなかった。ごく普通の、覚醒剤所持、初犯だ。被告人の結城冴子は最初から容疑の一切を認めており、弁護人も争う姿勢を見せなかった。所持していた覚醒剤も微量であり、使用の形跡もみられなかった。

「主文、被告人を懲役一年、執行猶予二年に処する」

右陪席ひとりで行う単独事件の法廷だった。傍聴席にも誰ひとり現れない、よくある事件のひとつ。判決を言い渡したとき、結城冴子はうっすらと笑った。それは一緒に暮らしていたころによく完治が目にしていた微笑みだった。

結城冴子は留萌《るもい》市で経営していたスナックで、客を装った私服警官に逮捕された。留萌は旭川からJRの列車を乗り継いで一時間半ほどのところにある、日本海に面した港町だった。海岸にはもうニシン場の活気はない。観光資源は海に沈む夕日ひとつというわびしさだ。

留萌市の裁判所支部長を併任していた完治は、判決を言い渡した翌月の出張で、冴子の店に電話を入れた。職業意識や幸福な家庭、心がさまざまな葛藤《かっとう》を飛び越えるまで、一ヵ月かかった。支部での仕事は午後五時半には終わる。月に一度、二晩過ごすのは坂の下にあるビジネスホテルだった。冴子が経営するスナックは、ホテルから歩いて五分のところにあった。

客がいるのかどうかを訊ねたとき、「電話だけで済ませるつもり」がいいわけだと気づいた。

「覚醒剤で捕まった女の店なんか、怖くて誰もこないでしょう。小さな町だし」

「あれからずっと、ここにいたのか」

「留萌にきたのは五年くらい前だったかな」

名字が変わっていたせいで、顔を見るまで気づかなかった。結婚したのか、という意味のない質問に彼女は「うん」と答えた。完治の前から姿を消したあと、東京に出てスナックの雇われママをしていたときに知り合ったという。

「あの人、今はどこにいるんだろう。ずっとそうだったな。おちぶれてこんなところまでついてきた時点で終わってたのにね。このとおり執着心ってのがないから、そのときどきの、ちゃんとした別れもないのよ」

それほど悲観的な響きでもなかった。彼女の乾いた声質のせいだったかもしれない。

冴子に再会したことで、自分が立っている場所がはっきりと見えた。

裁判官としてはまぁまぁの位置にいること、上司の勧める見合いで知り合った女と結婚して六年になること。ひとり息子の誕生。順調に進んでいる仕事や生活を振り返り、ふと言いようのない焦燥にかられること。

どれもみな、しっかりした輪郭を持って完治の手の中にあった。妻、子供、仕事、生活。欲するものすべてがコンパスの角度ぎりぎりまで詰め込める。詰め放題の袋の中には、自分のあさましさに気づかなくてもいい日々があった。

「暇なの。昔話でもしましょうか」

その夜、店の二階にある部屋で彼女を抱いた。黒々とした深い穴に落ちてゆくような快楽のなかで、妙に安堵《あんど》していた。これまで手に入れてきた幸福が、自分にとって過ぎたるものだったことをやっと自覚できた。詰め放題の袋が、破れた。

二度目に店を訪ねたとき「続けるつもりなの」と冴子は言った。あんなにさびしげな女の笑顔を見たのははじめてだった。あの日が最初の分岐点だったのだろう。

月に一度の逢瀬《おうせ》は誰に知られることもなく、翌年の一月まで半年続いた。そのあいだに、逮捕の理由となった覚醒剤が夫のものであったことを知った。

「どうして本当のことを言わなかったんだ」

「面倒じゃないの、そんなこと」

完治ら裁判官の、北海道の任期は二年だった。年明けの出張の際、完治は冴子に内示があったことを伝えた。

「東京高裁だなんてすごいじゃない」

「こっちに二年いたら、みんな一度は向こうに帰るんだ。すごくも何ともない。ただの横滑りだよ。上司が馬鹿みたいに増えて、やたらと忙しくなるだけだ」

「それじゃあ、こうやって会うのもあと一回ってことか」

嬉《うれ》しそうに聞こえた。不安には急いで蓋をした。内示が出る前から、ずっと心に決めていたことを言うときだと思った。

「仕事を辞めてもいい。どこか小さい街で、法律事務所でも開こうかと思う」

「どうして」

「一緒に暮らしたい」

冴子は答えなかった。


翌月、最後の出張となった夜のことだった。

送別会のあと、完治はそのまま冴子の店に行った。背負ったものを失うことに、怖さはなかった。妻と息子と冴子。手の中にあるものすべてを守りながら生きるほうがずっと不誠実で不幸なことのように思えた。

吹き寄せる風がやたらと冷たい、吹雪《ふぶき》の夜。完治の腕の中で冴子が言った。

「ねぇ、覚えてるかな。わたしの手相、短命だって話」

冴子は差し出した手のひらにある切れ切れの生命線を、涙のかたちをした爪でなぞった。完治は遠い昔、その話をしたあとに冴子が行方をくらましたことをすっかり忘れていた。そして再び若き日と同じ景色を胸に描いた。時間を経たぶんつよく、どこまでも救いがない心地よさがあった。

もう俺は、この女に一生頭が上がらないんだろう——。

明け方の告白は、完治の体温をより高くした。

「一緒になろう。ここを出て」

冴子の顔は見なかった。どんな表情をするのか、知りたくもなかった。何よりも、気持ちを試していると思われたくなかった。俺は本気だ。ただその思いを伝えたかった。冷たい頬が背中に押しつけられた。体温が混じり合ったころ、冴子が窓の曇りを手で拭《ふ》いた。明け方の雪が、暗い部屋を照らしていた。降りしきる雪を眺めながら冴子が言った。歌うような響きだった。

「罪ほろぼしとか、変な気持ちならやめて」

翌朝、見渡す限り雪しかない留萌駅のホームで、一両分離れて列車を待った。街を出るまで他人のふりをしようと言ったのは冴子だった。旭川に戻ったら、その足で辞表を提出するつもりでいた。

ひとつ向こうの瀬越《せごし》駅から、かさかさと降り続く雪の音に混じって列車が近づいてきた。すぐそばの、踏切の警報音。遮断機が下りる。列車がホームへと入ってくる。ホームの先で、冴子が完治に向かって微笑んだ。微笑み返した。直後、彼女に羽が生えた。小豆《あずき》色の列車の陰に白いコートが消える。鼓膜を裂く急ブレーキの音。

一瞬のことだった。

完治の脳裏を「今までどおりの生活」が通りすぎた。帰庁が大幅に遅れる理由を本庁に連絡する。運休する列車の代走で、臨時の路線バスが出るかもしれない。何食わぬ顔で旭川の宿舎に向かい、辞表も破り捨てる。今までどおりの生活。冴子と再会する前の自分に戻る。

同じ女を心の中で二度捨てた。

鷲田完治はその日、飛び込み自殺の目撃者になった。

＊

お父さん、と電話の主は言った。息子の恒彦であることは間違いないのだろう。わかりやすい感情はひとつも落ちてこなかった。関係を包んでいるのは、五歳から大学を卒業するまで養育費を送り続けたという事実だけだ。

「恒彦、さんですか」

心が動かないことにも、人は傷つくことができる。三十五歳になったという恒彦が想像できなかった。息子も——そう呼ぶことさえ抵抗があるが——同じだろう。完治が家族を捨てた年齢になった彼の声は、遠い過去から響く警笛のようだ。

「案内状は、お手元に届いたでしょうか」

父親の戸惑いに気づいたのか、言葉が妙に他人行儀だ。

「いただきました。おめでとうございます」

「返信のはがきを投函《とうかん》される前に、一度お話ししたいと思っていました。母に会う最後のチャンスだと思うんです。どうか出席してください」

予定していなかった挙式を急に決めた理由について、電話の主は淡々と語った。

彼の母親は完治より三つ若い。重い病名が耳に響いた。年を越せるかどうか、と彼は言った。この世の帳尻を合わせるための再会で、埋められる溝などない。思ってはいても、うまく言葉にすることができなかった。

「お父さんには充分なことをしてもらったと思っています。母は、僕が司法試験をあきらめたことをとても悔やんでいたけれど、お父さんのことを悪く言ったことは一度もありませんでした」

年若い彼にはわからないのだった。彼女は気づいていたのだ。夫が心を余所《よそ》に移して、それが原因で自分の元を去ったことを。どんな出来事が夫の背を押したかまでは考え及ばずとも、妻だった彼女にはわかっていた。だからこそ、夫の口から本当のことを聞くまでは別れないと言い張った。自分の勘が間違っていなかったかどうかを確かめたかったのかもしれない。

「出席してください」

幼稚園の入園式に妻とふたりで出席したときの光景が眼裏《まなうら》に蘇った。半ズボンにブレザーを着て、鞄《かばん》をたすき掛けにした彼が、夫婦の前を跳ねるようにして歩いてゆく。鞄が走っているみたいだ、と妻が言った。あのころ彼が語った夢は「お父さんみたいになる」だった。触れたものすべてを壊してきたと思うのは、自惚《うぬぼ》れだろうか。

長いこと、ゆっくりと死の旅をしていた。完治には、余命を知ったところで最期の日々を演出してくれる者などいない。それはそれで幸福なことだろう。

「ありがとう。考えてみます」

恒彦はまだ何か言いたそうにしていたが、また連絡させてください、と言って電話を切った。

つけっぱなしのテレビから、ハリウッド映画の爆発音が響いていた。ちょっと眼を離してしまうと、もうストーリーもわからない。

完治が釧路へ住まいを移すと同時に、妻は旭川から息子を連れて実家のある東京に戻った。周囲の過剰な同情と親切に耐えながら息子を育てた女のことを思った。完治の知らない三十年だった。たとえ命を終えたとしても、息子が健《すこ》やかに育ったぶん、彼女なら今よりずっとよい場所へ行けるだろう。そうであってほしいと祈った。

テレビのスイッチを消し、ソファーに腰を下ろした。テーブルに置いた新聞の端が丸まっている。小雨が降り出した。湿度が上がっていた。完治は戸棚の引き出しからハサミを取り出し、溜《た》まっていた生活欄の料理レシピを切り抜いた。

海に近い家は、湿度が上がると独特のにおいがする。人の体臭と潮の香りが混じり合った、気の滅入《めい》るにおいだ。

切り抜きを終えたレシピをノートにのり付けしたあと、完治はごろりとソファーに寝転んだ。料理用のノートはもう六冊目だ。作るたびに「正」の字に一本ずつ加えてゆく。まんべんなく作ろうと思うと、けっこう頭を使う。季節ごとに出回る食材にも気を遣った。

明日は何を作ろうかと考えていると、次第に目蓋が重くなってきた。

このごろはどんなことがあっても夜になるとうつらうつらしてしまうし、妙に朝が早かった。熟睡できることは少ない。そのくせいつまでも寝てはいられない。三十年ぶりに息子の声を聞いた夜にしては、あっさりとしていた。

翌日の午後、椎名敦子がやってきた。判決の日から一週間が経とうとしていた。九月の半ばだというのに、気温が二十度あった。椎名敦子は先日とは全く違う胸元のあいたニットのシャツに、体に張りつくようなぴたりとした膝上《ひざ》のデニムスカートを身につけていた。いかにも夜の商売という化粧をし、爪にはゴールドのマニキュアを塗っている。

先生、と陽気な微笑みを浮かべ、肩幅ほどの発泡スチロールの箱を差し出す。

「はしりの筋子なの。漁師やってるお客さんが持ってきてくれたんだけど、生だし。先生、自分で漬けるって言ってたからお願いしようかと思って」

蓋を開けると、小粒だが活きの良さそうな生の筋子が四腹《はら》も並んでいた。敦子の化粧と服装に面食らいながら、彼女を居間に上げた。

「今年は海水温が高くてアキアジも遅いんですって」

ソファーに広げてあった朝刊をたたんで腰掛け、敦子が台所に向かって首をひねった。まるで毎日そこにいるような気安さだった。敦子のなれなれしさにややうんざりしながら、給湯器の湯を五十度に合わせた。生の筋子は、五十度の食塩水の中で一粒一粒外し、水気を切ってから漬け込む。完治は敦子に背を向けて、黙々と筋子を外した。

四腹ぶんのイクラを外し終わり、余分な水気を落とすまで一時間かかった。敦子はあれこれと陽気に話しかけてくる。そういう服装では来ないでほしいというのも、なにやら老人の内側にある生臭さを詮索《せんさく》されそうで言いにくい。この程度の羞恥《しゅうち》は当然と言い切れるほど達観できてもいない。そもそも親子ほども年の離れた娘には、完治の心もちなど欠片《かけら》も通用しない。試されているのだとすれば、なおのこと気にせぬよう努めるしかなさそうだった。

台所の隅に溜めておいた五百ミリリットルの瓶をふたつ出し、水がきれたイクラを漬け込んだ。だし醤油に少量の酒。敦子は台所で作業する完治の手元を見ながら、感嘆の言葉を並べている。いちいち体を寄せてくるのはやめてもらいたいが、口にできなかった。

「冷蔵庫にひと晩おけば、明日には食べられるから。持って行きなさい」

「わたしはいいから、先生が食べてよ」

ならばどうして漬け終わるのを待っていたんだ、という言葉を飲み込む。黙り込んだ完治に向かって、敦子がにこりと笑った。

「今日はどんな美味しいものを作ってるのかと思って来てみたんだけど」

冷蔵庫に、冷やし中華用にと作った棒々鶏《バンバンジー》が入っていた。麺《めん》を茹《ゆ》でて刻んだキュウリと棒々鶏を和《あ》えればすぐに食べられる。そのことを告げると敦子は「やった」と言って閉じた赤い唇をぎゅっと真横に引きのばした。商売用にしてはできの悪い演技だ。

ごまだれの風味がいいと言って、敦子は出された皿をすぐに平らげた。相変わらずの食べっぷりだ。麺も、完治より少し多めに盛りつけたつもりだったが、満腹にはまだ余裕があるようだった。敦子は機嫌よく、自分が持ってきた紙の手提げ袋からひと抱えほどある箱を取り出した。

「コーヒーメーカー。ミル付きだから、挽《ひ》きたてのコーヒーが飲めるの。豆は街でいちばん美味しい喫茶店から分けてもらった」

言いながらコンセントはどこかと訊ねた。完治はこの女の強引さと服装の意味を探り当て、なるほどと思った。脳裏に浮かんだ「色仕掛け」という言葉を振り払う。この老いぼれを何の目的で籠絡《ろうらく》したいものか、おおよその見当はついた。男はまだ逃げ続けている。

「コンセントは、ここにある炊飯器のやつを抜いて使ってくれ」

ソファーへ移動した完治は読み残した新聞の記事を眺めながら、それとなく台所の様子を横目で窺《うかが》った。シンクで器具を洗ったあとすぐに、ミルが豆を砕き始めた。思ったよりずっと大きな音だ。挽いた豆はすぐにドリップ部分に落ちてゆく仕組みになっているらしかった。

やがて部屋中に何ともいえない良い香りが漂い始めた。コーヒーがガラスの器に大きな雫《しずく》となって落ちてゆく。完治が彼女に巧《うま》く取り込まれてゆく音だった。

数分後、完治は敦子から差し出されたマグカップを受け取った。受け取る際に触れた手がやけに冷たかった。温かいカップを持っていたにしてはおかしいと思い、台所へ歩き出した彼女の後ろ姿を見たときだった。

敦子の体が左右に揺れ、まるで膝から下の骨を抜かれたようにその場に崩れた。持っていたマグカップをテーブルに置き、敦子に駆け寄った。抱き起こす。冷たい手と相反《あいはん》する熱さが、彼女の皮膚から伝わってきた。

「どうしたんだろう、体に力が入らない。すごく寒い」

完治は敦子をソファーに寝かせ、戸棚の引き出しから体温計を取り出した。

「熱があるようだ。かなり高いんじゃないのか。ちょっと測ってみて」

緩慢な仕草で体温計を受け取った彼女が、シャツの襟《えり》を更に胸へと引き下げ脇に差し込む。白い胸元から目を逸らした。完治は短く「薬か」と訊ねた。敦子は首をちいさく横に振った。

押し入れから毛布を引っ張り出し、彼女の体に掛けた。体温計の電子音が響く。三十九度五分。完治は嫌がる敦子を毛布にくるんだまま、車の後部座席に乗せた。保険証がないと言うので、今まで病院にかかるときはどうしていたのか訊ねた。

「友達のを借りてた」

病院へ行くたびに別の誰かになる椎名敦子の生活を思い浮かべる。熱が出ても腹が痛くても呼ばれるのは友人の名で、病気に罹《かか》って病院へ行く彼女は存在しない。街はずれの小さな個人病院を訪ねた。ちょうど午後からの診療が始まったところで、患者もふたりしか待合室にいなかった。毛布に巻かれた敦子の姿を見て、看護師がすぐに彼女を診察室へ連れて行った。

　少女のような顔立ちの受付事務員から保険証の提示を求められた。完治は「事情があって持っていないようです」と答えた。待合室のふたりが受付でのやりとりに聞き耳を立てている。

「実費をいただくことになりますが、よろしいですか」

　検査と点滴、薬代でおよそ二万円が完治の財布からでていった。腎臓《じんぞう》が炎症を起こしているということだった。完治よりも十歳は年かさの医師が張りのある声で言った。

「水をたくさん飲んで、薬は忘れずに時間を守ること。あとは温かくして安静に」

　老医師の言葉は相手が患者でも付き添いでも変わらないようだ。時間を守らねばならないのは抗生物質があるからだということを、医者に劣らず高齢の看護師が付け足した。

　家に連れ帰り、ソファーにタオルケットを敷いて寝床を用意した。彼女を完治の使っているベッドに寝かせることはやめた。古い毛布一枚と、羽毛の布団を掛けても暑くはないようだ。敦子は薬を飲んで横になると、すぐに寝息をたて始めた。

　薬と番茶の入ったペットボトルとコップを座卓の上に置く。敦子の額に汗の粒が浮かんでいた。眠っている女の、たとえ額にでも触れることはためらわれた。完治は絞ったタオルをペットボトルの横に並べた。

シャワーを浴び、歯を磨く。長いこと開けっぱなしのまま使っていたのでなかなか溝を滑ろうとしないふすまを、無理やり閉めてベッドに横になった。経験のない疲れが完治を襲った。玄関の鍵は閉めたはずだ。自分の行動を振り返っているうちに、眠りに吸い込まれていった。

夜中にふすまの向こうで敦子が薬を飲んでいる気配に目覚めた。彼女がトイレに立って戻ってきたことに安心して再び眠った。結局ひと晩、椎名敦子が玄関へ向かう様子のないことを確認してはまた眠ることを繰り返した。

翌朝、熱は三十七度五分まで下がった。敦子のために、土鍋でリゾットを作る。コンソメ味で柔らかめに煮込んだご飯に、チーズを混ぜ込み、水菜を細かく刻んで入れた。台所に立っているあいだは、相変わらず何も考えなくてすんだ。

「いろいろすみません」

敦子は台所にあったオリーブオイルで化粧を落とし、リゾットを前に神妙な顔つきで頭を下げた。完治は構わず、彼女にスプーンを渡した。

「美味しいです」

敦子は完治がまだ袖《そで》を通していない新品のパジャマを着て、だぼだぼの袖をまくり上げて朝食を平らげた。これだけ食欲があれば大丈夫だろう。水菜の食感が残るチーズリゾットは、あり合わせで作ったわりにはいい味になった。

台所の換気扇にあたる秋雨の遠慮がちな音が、ふたりのあいだの沈黙を救っていた。

二日後の昼、公判を終えた完治は自宅に戻り、平熱に戻った敦子に親元はどこかと尋ねた。ひとりきりの部屋に帰すよりも、しばらくは親元に身を寄せたほうがいいと判断してのことだった。

「厚岸《あつけし》の近くのちっちゃな浜です。もう十五年も帰ってないから、親の顔も忘れました」

厚岸までは車でゆっくり走っても一時間かからぬ距離だった。敦子の実家は市街地から少し外れているという。昼飯は野菜庫にあった舞茸《まいたけ》とシメジを使って、炊き込みご飯にした。

他人と食べる食事が、それほど煩《わずら》わしくなくなっていた。ただし相手は厚化粧でこの家にやってきたときの彼女ではなく、ときどき物憂げな表情で新聞を読む女だ。男はまだ逃げ続けている。敦子の爪から、マニキュアが剝《は》がれ落ちていた。

敦子に親の職業を尋ねた。脳裏に「裁判官のようだ」という言葉が響く。被告人以外の人間にものを尋ねるのが苦手になっていた。

この状況に戸惑っている完治を、部屋の隅から眺めている自分もいた。それは、冴子との駆け落ち計画を胸で練っていたころの心持ちと妙に重なり合う。顔も姿もまったく似ていないこの女が冴子を思い出させるのは、やはり細い指と爪のせいだろう。

敦子は十五年も里帰りしていないと言った。中学を卒業してすぐに家を出たということだ。

「理由、訊かないんですか」

「言いたければ聞くけれど、そうじゃないなら無理しなくていい」

言いたいわけでも隠しているわけでもない、と言う。

「三つ上の兄がいたんですけど、わたしの友達を妊娠させたんです。中学を卒業するころにはお腹が目立ってきちゃって、これはどうにかしなくちゃって。で、その子が家にきてわたしが出た。それだけです」

釧路に出たあとは年をごまかしてスナックのバイトや風俗店で働いたという。

「頭悪いから漢字もたくさんは読めないし、普通の事務員なんかとても無理。夜の仕事はわりとあっさり雇ってくれたから」

「親は、なんて言った」

「何も言いません。兄は子供もできちゃったし、漁師を継ぐって約束してました。親もそれだけで舞い上がっちゃうような家だったんです」

椎名敦子の、幸福とは縁遠そうな細い指先を見た。先生、と敦子が更に神妙な顔をして切り出した。

「免許持ってないんです。実家に連れて行ってくれませんか」

翌日の午後一時、敦子を助手席に乗せ、厚岸の少し手前にあるという実家へと向かった。兄嫁が家に入って彼女の居場所がなくなったという十五年前も今も、海沿いの景色はひとつも変わっていないようだ。大きく変化してゆく予感もない。敦子の道案内には迷いやよどみがなかった。

「国道を行くトラックに乗せてもらって釧路に出たの。水商売がしたいって言ったら、知ってる店があるって紹介してくれた。その人は二、三回顔を出してくれたけど、ぱったり来なくなっちゃった」

こぼれ落ちて散らばる敦子の過去は、それ自体はなにひとつ光を持たない。彼女自身もまた、生家にさほどの期待はしていないように見えた。

「ここを右に入ってください」

言われたとおり、海から内陸に入り簡易舗装された細い道へと出た。道幅はどんどん狭くなった。対向車とすれ違うのも難しそうだ。再び海側へ出ると、厚岸湾が遠くに見える。一瞬でも気を抜いたら崖から転落しそうな道の片側に、ぽつりぽつりと家がある。バックミラーに国道が映らなくなったころ、敦子の言う二股《ふたまた》の道が現れた。

「ここを左側に上りきったところです」

車一台がようやく進める幅の道は、背の高い雑草に覆われている。敷かれているはずの砂利も見えない。車の腹に草の茎が擦れる。足下で嫌な音がし始めた。伸びきった秋の茎は太く、草というより小木に近い。タイヤの内側にでも刺さったら面倒なことになりそうだ。フロントガラスの半分が繁《しげ》った穂先のため視界不良だった。車の腹を擦る音がどんどん暴力的になっていった。

完治は深く掘れた轍《わだち》と生い茂る雑草に苦戦しながら、注意深く斜度のある道を上った。助手席の敦子はまっすぐフロントガラスを睨《にら》んだきり、ひとことも話さない。左右に揺れる車体をハンドルで押さえた。

敦子の頰には接見時にはあったはずの丸みがなくなっている。完治はUターンできる確信が持てないまま、左右に引っ張られそうになるタイヤを戻し続けた。

急に、坂の終わりがきた。ほっとして車を停める。目と鼻の先に木造の平屋が建っていた。車を停めるまで気づかないくらい小さい家だった。家というより小屋だろう。腰丈ほどもある草に埋もれている。完治は車を降りて、ぐるりと辺りを見回した。家は、崖下にへばりつくような浜を見下ろす場所にあった。潮のにおいがきつい。崖をはいのぼってくるうちに、風が空気を濃くしているのではないかと思うほどだ。

みごとなまでの廃屋だった。人が住んでいる気配はない。少しでもつついたら、ばらばらになってしまいそうだ。

車を降りた女の後を追う。

古い引き戸の玄関は、ダイヤル式の錠前をぶら下げる金具が引きちぎられていた。敦子が引き戸に両手を掛け、上下に揺らしながらレールを滑らせる。ただ横に流しただけでは開かぬことを知っている手つきだ。

板張りの玄関、埃だらけの上がりかまち、蜘蛛《くも》の巣、人間だけが居ない。半分開いた内戸の向こうに、ルンペンストーブが見えた。タイル製のストーブ台に、火掻《ひか》き用のデレッキが放られたままになっていた。家主がこの家を捨てたのは、冬のころだったようだ。

敦子はパンプスを履いたまま家に上がった。彼女の歩く方向に、うっすらと埃を踏んだスニーカーの足跡があった。

茶の間はおそらく八畳もない。更に狭い次の間には仏壇や箪笥《たんす》が残されていた。台所は土間になっており、蜘蛛の巣がかかりネズミの死骸《しがい》がいくつも転がっている。潮の香りは埃のにおいに取って代わった。完治は足を止めた敦子の背後に立った。彼女の視線は部屋の隅に置かれた箪笥の上に注がれていた。比較的新しい白木の位牌《いはい》が大小合わせて三柱あった。完治は敦子の前へ出て、埃を被《かぶ》ったいちばんちいさな位牌を手に取った。

享年三、という文字が目に飛び込んできた。短い戒名の中に、「幼」「泉」という文字。白木の残りふたつの位牌は、敦子の両親らしい。完治はその三柱の日付がみな同じであることに気づいた。ひとつひとつ手に取り、敦子も日付を確かめている。横顔からわかりやすい感情を見つけることができなかった。敦子は放り投げるように言った。

「残ってるのはお兄ちゃんと由美子《ゆみこ》だけか」

十二年前の秋に何らかの事情によって両親と子供を失った若い夫婦は、年を越さずにこの家を出たものと考えられた。敦子の様子からはかなしみも落胆も伝わってこない。埃だらけの位牌を元の場所に戻したあと、彼女はくるりと家の中を見回した。

部屋の角に、薄くへたった座布団が三枚並んでいた。敦子の視線はしばらくのあいだそこから動かなかった。座布団の上に、毛布が一枚丸めて置かれている。誰かが昼寝をしてそのままになっているように見えた。完治は玄関から続いている敦子と自分の足跡を振り返る。もうひとつの足跡。スニーカー。

「ここにいたのか」

しばらく無言でいた敦子が「たぶん」と応えた。やつはどこへ行ったんだ、と問う。細い肩が下がり、背中が老婆のように丸まっている。深いため息が漏れた。完治はもういちど敦子の背中に問うた。

「ここからどこへ行ったんだ」

「わかりません。お互い携帯がつながらなくなったとき、ここが誰にも見つからずに落ち合える最後の場所だったんです」

彼女は捕まる前にそう決めてあったと言った。お互いの身に何かあったときも、どちらかが捕まったときも、誰にも知られずに落ち合える場所は、家を出てから彼以外の人間にひとことも漏らしたことのない実家しかなかった。

「まさか誰もいなくなってるなんて」

完治は座布団から毛布を引き剝がした。持ち上げた毛布から、空のペットボトルや菓子パンの包みと一緒に、使用済みの使い捨て注射器がばらばらと落ちてきた。五本——。プラスチック製の注射器を見下ろし、この家での男の動きを想像した。

完治は湿気でぶよぶよと沈む畳を進み、勢いをつけて押し入れの戸を開けた。強い黴《かび》の臭《にお》いがする。上段には煮染めたような色の薄い布団、下段には子供のおもちゃが入った段ボール箱。押し入れに隠れている、という勘は外れた。敦子を振り向き見る。だらりと腕を下ろし、涙のかたちをした爪も下を向いている。細い指。

「どこにいるのか教えなさい」

敦子は遠い目を染みだらけのふすまに向けていた。

「言いなさい」

完治は立ち上がった。天井の隅をまるく覆っていた繭玉のような蜘蛛の巣が揺れた。

敦子が玄関へ向かって歩き始めた。完治も彼女が足を向けた方へと歩き出す。敦子は車の横を抜け、雑草をかき分けて家の裏手へ歩いてゆく。

嫌になるほど晴れていた。振り向くと海の上を薄い雲が流れている。空と海の青い景色を飾るものは、その薄い雲ひとつだった。草が完治の腰の高さになった。オレンジ色の小さな花から、白い蝶《ちょう》が一匹飛び立った。敦子は草をかき分け、裏手にある物置小屋の前で立ち止まった。

敦子が小屋の戸に両手を掛け、上下させながらずらし始めた。肩幅ぶん開いた引き戸の向こうに、オレンジ色の浮玉がぶら下がっていた。

「先生」

こちらに背を向けたまま敦子が言った。完治は心持ち歩幅を大きくして小屋の前に立った。

「どきなさい」

二度、声をかけてようやく敦子が後ずさりした。

完治の目に、土に汚れた黒いスニーカーが飛び込んできた。スニーカーに続いてジーンズの膝から下。中をのぞき込んだ。積み重なった魚箱の上で、男がひとり仰《あおむ》向けになっていた。もどかしい思いで少しずつずらしながら、引き戸を開ける。太陽が男の胸元を照らす。黒いTシャツの胸が上下している。生きていた。

「おい、起きろ」

反応はなかった。完治は敦子を呼び、四肢を硬くしている男の背を立てた。痩《や》せ細り、板のように硬くなっている。いつからここにいたのか、触れた体からは体温も感じられなかった。低体温症、という言葉が思い浮かんだ。夏山での死亡原因のひとつだ。火の気のない九月の夜を、どのくらいここで過ごしたのかわからなかった。

完治は男の腕を肩にかけた。背の高い男だった。支えて歩こうにも完治の背丈だとどうしても膝から下を引きずるかたちになった。痩せこけて、関節がいちいち完治の体に刺さってくる。男のもう片方の腕を、敦子が抱えた。三歩進むごとに息切れを起こしそうな重さだった。車の後部座席に押し込むころには、背中も腰も悲鳴をあげていた。

敦子が助手席に座る。

完治は草を踏み倒しながら車の向きを変えた。坂は上から見るとけっこうな傾斜だった。後部座席の男は死体のように見える。フロントガラスには、海へ向かって滑り落ちてゆくような景色が広がっていた。現実感がなかった。

釧路市内に入るまで、ほとんど話さなかった。敦子はときどき後部座席の様子を気にしていたが、病院へ運んでくれとは言わない。この厄介なふたりをどこへ運ぶべきか、答えはひとつしか浮かばなかった。

「警察に行く。いいね」

市内に入って二つめの信号待ちで敦子に告げる。彼女は白い首をひねり後部座席を見たあとうなずいた。警察署に着いて車を降りる直前、敦子が完治の目をまっすぐに見て言った。下瞼《まぶた》に、今にも溢《あふ》れそうな涙が溜まっている。

「先生、この人を見つけたときわたし、頼むから死んでてくれって思ったんです。もう、思わなかったことにできませんよね」

事情聴取を終えて家に戻ると、すでに午後七時を過ぎていた。大庭誠逮捕の件にからみ、椎名敦子は起訴されるほどのことはしていないはずだった。ただ、すぐに事情を訊けるのは彼女しかいないという理由で、まだ帰宅することは叶わない。意図的に逃がしたという事実でもあれば別かもしれないが、そこを立証するのは難しい。今のところ、彼女の行いが何らかの犯罪の構成要件に該当するとは考えられなかった。

完治は厄介ごとが折り重なる胸の内側を持ち上げ、台所に立った。

今夜は何を食べようかと冷蔵庫から材料を出して考える。ハム、ゆで卵、きゅうり。完治はパスタ類をストックしてある引き出しからマカロニの袋を取り出した。メニューをマカロニサラダに決めて、鍋で湯を沸かす。たくさん作れば、それだけで腹一杯になる。栄養バランスだってそう悪くない。

テレビには次々と政治家の顔が映し出されている。新聞の活字もすんなりと頭に入ってこない。重たい疲れが完治の体と気持ちを包んでいた。目を閉じる。脳裏にはまだ、昼間見た光景が残っていた。

食事のあと、完治は事務室の明かりを点《つ》けた。蛍光灯がじわじわと室内を照らしだした。机の上に置きっぱなしだった結婚式の案内状を手に取る。返信用はがきの「欠席」に丸を付けた。住所は記さず、名前だけ書き込んだ。

意識のない状態で運び込まれてから一週間後、大庭誠が起訴された。入院中に任意で提出された尿は陽性。退院を待っての逮捕となった。裁判所から国選弁護を依頼する電話を受けて、完治は勾留施設へと足を運んだ。

男の痩せた頬に、説教臭い言葉をかけるのはやめた。

「あなたの弁護をすることになりました、鷺田完治といいます」

黙って彼の口が開くのを待っていた。このまま接見時間が終わってしまうのかと思われたころようやく、睨むような視線を向けて口を開いた。

「俺を、どうして大下組に売らなかったんだ」

「私はあいつらの犬じゃない」

命が助かったことをありがたいと思っていないようだ。女たちが選んだ道に比べて、自分も含め男たちは何と女々しくこの世を泳いでいるのかと、書類を揃《そろ》えながら嗤《わら》った。執行猶予はなくなり、量刑はけっこうな長さになると告げると、争ってはくれないのかと食ってかかる。敦子とはまた別の意味で、手の掛かる被告人だ。

「量刑ってのは人生の更生に与えられたチャンスなんだ。争って奪い取ったものは、いつか必ず奪い取られるんだよ」

「意味がわかんねぇよ」

「裁判官に言われたときにわかればいい」

せめて法廷ではおとなしくしていろ、と忠告した。


情状証人として出廷した椎名敦子は、被告人への情と更生への希望を語りながら、自分もまた今後は彼と関わりなく生きていくことに決めたと語った。

「お互い、生きているだけでいいと思いました。今後は自分の足で歩いて行きます。彼にも、そんな生活を望みます」

論告、求刑、結審と公判は滞《とどこお》りなく進んだ。覚醒剤所持・使用の罪に対し、判決は三年。控訴はしなかった。執行猶予が取り消され、合わせて五年間の服役が決まった。

公判が終わった翌日、完治は玄関の呼び鈴で目覚めた。枕元の目覚まし時計は午前五時を表示している。なかなか寝付かれずにいた夜半、最後に時計を見たのが午前二時だった。

「三時間か」

つぶやきが耳の奥でこもった。呼び鈴がもう一度鳴った。動作が緩慢なことを年のせいにして、ゆるゆるとベッドから起きあがる。板の間からしみ出す古い家屋のにおいが、廊下に充満していた。ドアに向かって、誰かと訊ねた。敦子だった。

「おはようございます」

ジーンズに白いパーカー姿で現れた彼女は、右手にいつもの黒い大きなバッグを提げていた。ほとんど化粧気のない顔だ。どうしたのかと問うと頬が持ち上がった。

「ごめんなさい、まだ寝てらしたんですか」

「まさか、年寄りは朝が早いという理由でこの時間ですか」

玄関先で話すこともなかろうと、完治は敦子を家に上げた。寝室のふすまを閉め、急いでパジャマからコットンパンツとトレーナーに着替えた。午前五時の来客は、そのあいだに豆を挽きコーヒーを淹れていた。コーヒーメーカーは敦子が持ってきて以来、一度も使っていなかった。無精を詫びると、料理は面倒臭がらないのに、と笑っている。

差し出されたマグカップを口元に運ぶ。寝不足の目元に湯気が漂った。見ると、差し向かいでマグカップを握る指先の、爪が短く切りそろえられていた。敦子が視線に気づき、照れ笑いをしている。

「マニキュア塗らないことにしたので、切ったんです」

勤めていたスナックは辞めたという。敦子が部屋の入口に置いた大きなバッグを指差した。

「始発で街を出ます」

完治はマグカップを半分空けて、深くため息をついた。台所の窓からうっすらと朝日が差し込んでくる。

「人には、それぞれに合った幸福のかたちがあるからね」

「あの人を捨てること、責めないんですか」

「誰もあんたを責めたりしない。まっとうに生きようとする者を責められる人間はいないんだ」

裁判官気取り、という言葉が浮かんで消えた。中途半端な生き方には陰口のひとつも必要だろう。長いこと忘れていたさびしい気持ちが完治の心を満たし始めていた。

マグカップから顔を上げ、吹っ切れた表情で敦子が言った。

「わたし、親の位牌を見てもなにも感じなかったんです。お兄ちゃんたちがどこに行ったのかも、気にならなかった」

敦子は、自分がとてつもなく冷たい人間になったような気がしたと言った。それでも頬を持ち上げ笑っている。

「なにも要らなくなっちゃったんです」

「特別、他人の前で哀しんでみせる必要がなくなったんでしょう。そういうときも長く生きていればあります」

「先生も、そんなことがあったんですか」

応える代わりに、列車の出発時刻を訊ねた。六時三十二分。西へ向かう列車だ。体から切り離した血縁も、情も、もう彼女を縛ることはないように思われた。タクシーを呼ぶという敦子を止めて、車の鍵を手に取った。

「駅まで送る」

見送りはしないが、と言うと、彼女の口角が持ち上がった。接見で初めて会ってから、最も大人びた顔をしていた。た。行き先は訊かなかった。言うつもりもないようだ。

川面《かわも》が、秋の朝日を跳ね返していていた。橋を渡る際、敦子は、海がきれいだと呟いた。

「あのね、熱を出したとき、先生のことお父さんみたいだと思ったんです。本当の父親よりずっと優しくて。男の人にあんな風にされることに慣れてないから、ちょっと勘違いしました」

完治は声をあげて笑っ完治は声をあげて笑っていた。橋を渡ってまっすぐ走る。突き当たりが駅だ。タクシーの列を横目に見て、道幅の狭い車寄せに車を停めた。

「先生、やっぱりわたしが誠を捨てる理由、聞いてくれませんか」

バッグを膝の上に載せたまま、敦子が瞬《まばた》きもせず完治を見た。

「本当に好きだったんです。あの人がどんな人でも」

瞳が赤く染まっていた。完治はただうなずくことしかできなかった。理由になりませんか、と彼女が問う。いや、と答えた。

一方通行のロータリーへ、車が入ってきた。完治はバックミラーを指差した。

「後ろが詰まってきた。体に気をつけて、がんばりなさい」

敦子はシートベルトを外し、はいと答えた。別れの時間が近づいている。助手席から降りた敦子が、運転席に向かって腰をかがめた。もう一度「気をつけて」と言いかけた完治の言葉を遮る。

「わたし、先生が好きです」

ドアが閉まり、白いパーカーが駅の構内へと入って行く。背後で小さくクラクションが鳴った。慌てて車を出した。


朝食を腹に入れたところで電話が鳴った。恒彦だった。

「鷲田です」と受けると、完治よりいっそう他人行儀な声が返ってきた。

「欠席、考え直していただけませんでしょうか」

「もう会わないほうがいいと判断したんです。私もいつどうなるかわからない年です。彼女も今さら会いたくなどないでしょう」

「どうしてそんな風に言いきれるんですか」

完治は息を吸い込みながら、精いっぱい言葉を選んだ。

「一度は想《おも》い合った者同士だからです」

通話が終わった。

吸い込んだ息が、いつまでも体から出て行かない。健やかに育った息子に非難されるのはあたりまえだった。完治は使った食器を狭いシンクで洗った。こんなふうに暑くも寒くもない日々は、いったいあと何年続くのだろう。列車の窓から眺めるように、どんな美しい景色も瞬きひとつで流れて行ってしまう。そのくらいのことが分かる程度に年は取った。

今の自分は丸腰で、ただ泳ぎ疲れるのを待っている。冴子は自分の意志で泳ぐのをやめ、死を選んだ。記憶の向こうで微笑む冴子に向かって、俺はとうに泳ぎ疲れてる、早く迎えにきてくれとつぶやいた。

仕事用のスーツに着替えた。短い秋を慈《いつく》しみ、海風が窓から入ってくる。潮のにおいが部屋を漂い、苦い記憶も薄れていった。

公判の時刻に合わせて家を出ると、磨き込まれたアウディが完治の行く手を塞《ふさ》いだ。大下一龍が運転席の窓を開けて左手を振っている。

「先生、やってくれましたねぇ。お陰でこっちは面子《メンツ》まるつぶれですよ」

「早起きして、わざわざそんなことを言いにきたのか」

「いや、いつものお願いに上がっただけです」

一龍はやたらと長い煙草をくわえ、火を点けた。答えはいつもどおりだと言うと、わかってますよと返してくる。

「そういえばあの女、定山渓《じょうざんけい》の温泉旅館で働くつもりみたいですよ。知り合いがいるらしいんだな」

いったいどこでどうやって調べるものなのか。驚きながら顔には出さない。自分はそれほど親切ではない。

「だからどうだって言うんだ」

「知らなかったんでしょう、どうせ」

「興味ないからな」

一龍は、そうかな、と言ってへらへらと笑った。

「正直、先生があんなカスみたいな女に入れ込んでるところなんか、見たくありませんでしたね」

今度は完治が笑う番だった。

「一龍、お前もずいぶん暇な男だな」

「先生と同じですよ」

一龍は鼻にめいっぱいの皺を寄せ窓を閉めた。

走り去るアウディを見送る。子供に悪態をつかれたような気分で歩き出す。愉快だ。裁判所へ続く坂道の、いつもと同じ場所で立ち止まった。視線を海から空へと移す。高い空だ。雲がひとつもない。晴れ渡った空は青いビニールシートと同じ色をしていた。坂は急だが、上るのは苦にならない。アスファルトの亀裂《きれつ》に季節はずれのタンポポが咲いていた。海から吹く風は乾いた潮のにおいがした。

スクラップ・ロード

飯島久彦《いいじまひさひこ》は、今日も午前四時に目を覚ました。

道央の街は、生まれ育った十勝《とかち》より二十分近く日の出が遅い。うっすらと焼け始めた東の空が、住宅街の輪郭を埋まらないパズルのように黒く浮かび上がらせている。カラスもこない時間帯。静かだった。あまりに静かで、この景色を見ているみじめささえ忘れてしまいそうになる。

ため息をひとつ吐《つ》いたところで、完全に目が覚めてしまった。四時に目覚めるようになってから、一年が経《た》っていた。

トイレに立ったあと、Tシャツとスウェット姿のまま玄関にあったゴミ袋を両手に提《さ》げた。黴《かび》の生えたペットボトルや空き缶から、異臭が漂い始めている。とりあえず臭《にお》いそうなものだけでも外に出そうとスニーカーを履いた。夏はこれだから困る。夜明けのアスファルトを歩きながら、空き缶の音が響かないよう細心の注意を払う。

三月に大洋銀行を退職してから五ヵ月が過ぎた。再就職はまだできていない。

勤続年数が足りなかったせいで、失業保険は三ヵ月が限度だった。受給もあと一回で打ちきりだ。久彦は今も自主退職へ追い込まれた道すじや勤続年数の不足を、上司や総務がこぞって自分を追いつめた結果だと信じている。考えられる理由は久彦の、早すぎた出世に対する嫉妬《しっと》だろう。

暗いうちから起き出し、牛の世話をする母親を見て育った。久彦は、年末にかけた電話を思い出した。

「正月は仕事が忙しくて帰れそうにないんだ。ごめん」

「仕事だら仕方ないっしょ。母さんのことは大丈夫だから。ヘルパーさんもいい人でさ、こっちのことはなんも心配することないから」

「春には、一度帰るよ」

「うん、待っとるわ」

連絡をしないまま夏になった。ときどき留守電に母の声が入っているけれど、最近は聞かずに消去している。

息を大きく吸ってみた。公園に繁《しげ》る青草のにおいと湿って冷たい空気が胸に入ってくる。あまりの静けさに、薄れかけたはずの不満や悔しさが舞い戻ってきた。

ゴミステーションもひっそりとしていた。自転車、ガスコンロ、背もたれの外れてしまった学習椅子《いす》。人目があるときは出しづらい大型ゴミが電柱の横に並んでいた。

あの白いトラックは、まだこのあたりで粗大ゴミをあさっているのだろうか――。

初めてトラックを見たのは一年前だった。明け方まで飲み、ススキノからタクシーで帰宅した日。お盆明けの、職場の仕切り直しだった。河岸《かし》を変える途中で取引先の社長と会って合流した。さんざん飲んだあと、アイメイクのきつい女があふれる店に流れ、目玉が飛び出るような支払いを済ませてタクシーを拾った。片手にエビアンのペットボトルがあったのがいけなかった。空いたペットボトルを捨てたくて、運転手に「そこでいい」と言った。そして、あの男を見た。

粗大ゴミをあさりにやってきた、白い違法トラック。運転席から現れた男が、母と自分を捨てて失踪《しっそう》した父に似ていた。仕事を辞めるまでのあいだに二度、トラックと男を見た。疑いは確信に変わっていった。

公園の向こうから白っぽい大型の車体が近づいてきた。視界にあるもので動いているのはそれだけだ。久彦は目を凝らした。ゴミステーションに停《と》まるトラック。荷台の両脇にベニヤ板を立てた四トン車。ナンバープレートが針金で留めてある。あきらかに違法車両だ。

助手席側から女がでてきた。グレーのジャージを着て首にタオルを巻いている。女は電柱の横にあるものを物色しながら、自転車のハンドルを持って前後に動かし、運転席に向かって右手を振った。

運転席から男がでてくる。タイヤに足を掛け荷台へ、慣れた動きで飛び移る。すりきれたアポロキャップと、黒いつなぎ姿。久彦は一歩彼らに近づいた。もう一歩、一歩。やはり男は久彦が中三のときに家から出て行ったきりの飯島文彦《ふみひこ》——父親だった。もう六十に近いはずだ。頭の中に高速画像のように父のいない日々が流れ始めた。画像は久彦を札幌に送り出すときの母の顔でぴたりと止まった。

男はトラックの荷台に上がると、女が持ち上げた自転車を受け取るために腰をかがめた。アポロキャップのつばに隠れていた額まではっきり見える。右目の目頭と眉毛のあいだに黒々としたほくろがあった。

失踪宣告は受理されている。もうこの世に存在しないはずの父親が、目の前で廃品回収車の荷台に錆《さび》だらけの自転車を載せようとしていた。久彦の胸に突然、猛烈な怒りがせり上がってきた。この馬鹿な男に、何かひとこと言ってやらねば。久彦はトラックに近づき、自分でも驚くほどはっきりとした声で言った。

「女房子供から逃げて、今は廃品回収か。たいしたもんだな!」

怒りは収まるどころか次々と、あぶくのように胸に湧《わ》いてきた。

両手で自転車を持ち上げようとしていた男の手が止まった。女が久彦のほうを見る。女は色白というのとは違う、青さばかりが目立つ不健康そうな顔から、表情の一切を切り離していた。ふたりは無表情で数秒こちらを見ていたが、ほとんど同時にもとの作業に戻った。自転車は荷台の空きスペースに納まり、女がトラックの助手席に乗り込んだ。

見上げる久彦を気にも留めない様子で、文彦が運転席に戻りエンジンがうなった。もともと無口な父だった。父親らしい言葉などほとんど記憶にない。黙々と働くだけの男。親が遺した土地や財産が目減りすることに耐えられない小心者。

女が助手席のドアを開いて言った。

「乗るのか乗らないのか、はっきりしな」

年齢は久彦とさほど変わらないように見えるが、声はまるで老婆だった。

久彦は女が開けた助手席からトラックに飛び乗った。ドアを閉めると、経験のない高揚感が押し寄せてきた。

トラックは太陽が昇りきるまでのあいだに三ヵ所ほど大きなゴミステーションを物色した。オットマン付きの椅子と放置自転車二台を積み込み、郊外にでる。

運転手も、久彦も、あいだに座る女も、みな無言だった。目の前に広がるアスファルトを見ていると、怒りの出口がすぼまってゆきそうだ。久彦は、怒りを身に留《とど》めるためにきつく奥歯を嚙《か》みしめた。

トラックは札幌郊外の宅地造成中の埋立地を過ぎ、川沿いの砂利道を走った。じきに高い廃品の塀に挟まれた道が現れた。空に押しつぶされそうな景色だ。速度を落としながら、廃品ロードを進んでゆく。地盤が悪そうな道の突き当たりに、廃材で固めた小屋があった。

色違いのナマコ鉄板と垂木、ベニヤ板、流木や物干し竿で、ようやく小屋の体裁を保っている。建物というにはかなり頼りない住み処《すか》だった。入口のドアだけ、新築の家から引き剝《は》がしてきたようなアルミの立派なものだったが、それも引いたり押したりして入るのではなく、持ち上げてずらした隙間《すきま》から中に入るという具合だ。妻子を捨てた男に相応《ふさわ》しい住まいじゃないか。気づくと声をあげて笑っていた。

「手伝いな」

女がトラックの荷台に飛び乗った。久彦は咄嗟《とっさ》に両腕を伸ばし、サドルのない自転車を受け取った。

いちばん先に小屋に入ったのは文彦だった。女のあとに続いて久彦もドアをずらしてできた隙間から中へ入る。ひどく饐《す》え臭かった。久彦は、自分の部屋にも似たようなにおいが漂い始めていることに気づいて皮膚が粟立《あわだ》った。

天井の低い、六畳ほどの小屋だった。窓がなくても壁材の隙間があるので、天気の良い今日は何本もの光の棒が小屋の内部で交差していた。風通しは良さそうだ。

「あんた誰なの」

「そいつの息子だ」

女はさほど驚いた様子も見せず「へぇ」と返した。

文彦は女に「ブンちゃん」と呼ばれていた。狭い小屋の中央には赤銅色をした丸い筒ストーブがあり、ドアのある面以外はソファーの背もたれで内側から壁を支えているような状態だ。屋根も垂木を渡したところに鉄板を打ち付けているだけなので、雨の日は相当うるさいだろう。

ドアの正面にあるソファーが文彦の席らしい。まるめた毛布もあるから、夜は寝床になるのだろう。ブンちゃんは、久彦のほうを見もしないでごろりとソファーに横になった。女が笑った。

「わたしは雑品屋の経理担当」

仕事柄いろいろな職種の人間と会い、貸し付けや交渉を重ねてきたけれど、雑品屋の経理担当と話すのは初めてだった。雑品屋。語尾を上げる。覗《のぞ》き込んだ女の顔が、多少汚れてはいるけれど十人並みかそれ以上であることに気づいた。銀行の秘書課でつんつんしている女たちよりつくりは良さそうだ。薄暗い小屋の中は、古い写真の中に迷い込んだようだ。女の着ているジャージの胸元には、有名私立中学の校名が刺繍《ししゅう》されていた。遠慮なく見ていると、女の表情が動いた。

「これは元の職場。今は雑品屋。そんでもって、ブンちゃんの右腕」

文彦は、息子の存在など目の端にも入らない様子で、そのまま寝息をたてはじめた。

女は「沢田美奈《さわだみな》」と名乗り、つなぎ姿で横たわる文彦を柔らかな視線で見たあと、久彦を小屋の外へ連れて出た。今日も暑くなりそうだった。雑品で囲まれた小屋の前に、トラックが通ってきた廃品ロードが続いている。何百メートルあるのか、空しか見えない場所では適当なスケールもない。

「で、本当にあんた、ブンちゃんの息子なの」

「信じたくはないがね」

「どうして」

「俺が中学三年のときに、何もかも捨てて出て行った男だ」

「でも、父親だってことは認めてるんだ」

久彦は返す言葉を失い、しばらくのあいだ廃品ロードの一部となった仏壇を見ていた。死んだことにしなければ、母も立つ瀬や生きる気力を失いそうな日があったのかもしれない。父が失踪してからぴったり七年経過する日を、指折り数えて待ち始めたのはいつからだったろう。

沢田美奈がトラックの助手席からレジ袋を提げて小屋の前に戻ってきた。これ、と言って美奈が差し出したのはコンビニのおにぎりだった。

美奈が「梅干しは大丈夫ね」と言った。よく見ると、パッケージの日付は賞味期限ではなく、消費期限だった。何日過ぎているのかを考えるより先に、太陽の光を浴びながら口に入れた。いくぶん塩がきつく感じるのは、夏だからか。久彦は隣で同じく梅干しを選んで食べている美奈を見た。これまでの辛酸をすべてぶちまけようという意気込みは萎《な》えていた。じくじくとしたやり場のない思いが、塩加減のせいか喉《のど》もとにせり上がってくる。小柄な女の、汚れた爪《つめ》を見下ろす。

「毎日こういう食事なのか」

「そうだよ。ありつければいいほう。だいたいそんなに労働してないし。神経遣うのは、廃品を盗みにくるヤツらにトラックで突っ込むときくらいかな」

思わずトラックのフロントを見た。右ウインカーのカバーが割れており、バックミラーがひん曲がっている。久彦の顔を見上げて、美奈が笑った。

「いるんだよ、たまに。だから、めぼしいものは小屋の近くに置いてある。今は雑品だけど、いつ金に換わるかわかんないからさ」

「あいつとはいつから一緒にいるんだ」

美奈は久彦の手にあったおにぎりのセロファンを回収してレジ袋に戻しながら、一年ちょっとくらいかな、と言った。

「で、なんであんたはお盆でも休日でもない日に、ここにいるわけ」

お前がトラックに乗れと言ったんじゃないか、と言いかけてやめる。お盆でも休日でもない日だったことが、それほど大きな意味を持っているのかどうかもわからなかった。

「なんだ、無職なのか」

言い返したいが言葉がでてこない。

「ブンちゃん、いつもあんな調子。十年くらい前からこの小屋にいるみたいだけど」

「ここ、十年前からあったのか」

「その偉そうな口のききかた、やめてよ」

美奈は廃品ロードも小屋も、いつからあったのかわからないらしいと言った。

「らしい、って」

「ブンちゃんの前の人とか、その前の人、その前の前の人。みんなたぶん、死んだかいなくなったかしたんでしょう。そのへんのことは、よくわかんない」

廃品に囲まれた小屋で十年。長いのか短いのかわからなかった。

歴代の主《あるじ》は死んだか消えたか。みんな誰にも必要とされない「廃品」だったのだろう。

美奈は文彦の来し方を一度も聞いたことがないと言った。必要なこと以外は何も喋《しゃべ》らないという。必要なことすら言わずに出て行った男に、自分の過去を語る資格があるわけもない。

「ブンちゃんって、何やってた人なの」

「開拓農家のひとり息子だ」

「子供がいるってことは、奥さんもいるんだよね」

「亭主が捨てた牛や畑を、ひとりで守ってるよ。多少規模は小さくなったけど。あいつは失踪届が出されてるから、もう事実上死んだ人間なんだ」

美奈は「へぇ」とうなずきながら小屋のほうを見た。

「で、今現在、息子は無職と」

この女はいったい何が言いたいのだろう。

お前の落ちた場所のほうが俺よりずっと下だろう――。

喉もとまで出そうになった言葉を飲み込み、美奈の様子を窺《うかが》った。視線に気づいた美奈が、訊《き》いてばかりで悪かった、と言って笑った。嗄《しやが》れた声がひどくなっている。喉から気管に病巣でも持っているのではと疑いたくなるような声だ。

美奈がジャージの刺繡を指差しながら言った。

「まだここの中学で教師だったころ、テレビで『女王の教室』ってドラマをやっててさ。ちょうど学級運営に迷ってたせいか、すっかりかぶれちゃったの。クラスにひとりスケープゴートをつくって、その子を強く鍛えながらクラスをまとめるっていうストーリー。何度も見て、女優の目つきまで真似《まね》した」

「真似しようと思ったところで失敗してる」

「ワンクールの半分もいかないうちに、毎日父兄から電話が掛かってくるようになって、職員室では浮きまくった。校長も教頭も同僚も、誰も助けてなんかくれない。ご飯も喉を通らなくなって、酒ばっかり飲んでいるうちに、精神科医の診断が下りた。病名が付けばとりあえず休職させられるし、そこは私立だしたんたんとやるよ」

美奈はそのまま酒をやめることができず、ゴミステーションで眠りこけていたところを「ブンちゃん」に回収された。

「だから、わたしもブンちゃんが集めた廃品なんだ」

久彦は胸に湧いた疑問を、言葉を選ばずに口にした。

美奈は喉にからまる痰《たん》と一緒に吐き捨てた。

「変なこと言わないでよ。廃品が廃品とくっついてどうなるっていうの」

くるりと体の向きをかえて、美奈が小屋の裏手から自転車を一台押してきた。錆の浮いた十二段変速のマウンテンバイクだ。

「本当はもっと新品に近いやつもあるんだけど、放置自転車って街の中で乗ってるとおまわりに呼び止められたりしてやばいから。これは大丈夫よ。サドルが抜かれた状態でゴミステーションにあったやつだし、ブンちゃんが適当なサドル見つけて、チェーンも直してある」

久彦は美奈の、清々《すがすが》しい顔と嗄れた声のアンバランスに一瞬引きずり込まれそうになった。脚を伸ばしさえすればすんなりと越えて行けそうな低いハードルだった。廃品と廃品――、嫌な言葉が胸をよぎる。急いで視線を外した。

自転車を受け取った。ここからアパートまで、どう見積もっても二十キロはありそうだ。電車代もないし、駅までだって十キロはあるだろう。足が必要なのはたしかだ。

「途中でチェーンが外れたりしないだろうな」

彼女は喉から空気の漏れたような音を出して笑い、そのときは引き返さず、自分で直すか押して歩くかしろと言った。

「あんた、何様のつもりか知らないけど、ひとことくらい礼でも言ったらどうなの」

応《こた》えず、久彦は父への怒りを込めてペダルを漕《こ》いだ。

十二段変速の機能は半分も働かず、ほとんどを自分の力で漕がねばならない自転車だった。純粋な脚力を要求され、すっかり鈍《なま》りきっていた久彦の体は火を噴いた。

ひとたび横になると体を起こすのにひと苦労するほどの筋肉痛と、寝汗と空腹感。玄関前にある自転車が「父を見つけた」という事実を思いださせた。母に報《しら》せるつもりはなかった。

中学三年のあの日、アスファルトの道を曲がり砂利道が続く防風林の横を過ぎると、久彦の視界が緑一色に染まった。久彦は統廃合で三つの小中学校が同じ建物になった中学の、生徒会長だった。十勝平野を、夏の風が通りすぎていた。太陽は天頂にあった。防風林の緑が太陽の光を吸い込み、木陰に涼を与えていた。七月の空はどこまでも広く、青かった。授業は午前で終わった。生徒会三役以外の生徒は二十人しかいない。四キロの通学路、重い鞄《かばん》を肩に掛け汗を流しながら家路を急いだ。

青いつなぎ姿の父親が久彦に背中を向けて牧草畑の真ん中に立っていた。明日手放す二反の土地だった。父は、牧草畑に生えた一本の細い木に見えた。刈り終える前の牧草ごと売られてゆく土地は父の父、久彦の祖父が開拓したものだ。

祖父が死んでから十年が経っていた。孫の久彦にはっきりとした記憶は残っていない。古い写真のような、静止した場面がひとつふたつあるきりだ。

飯島牧場は、小豆《あずき》とビート、十勝牛の育成を専門としていた。堅実で働き者の初代を失った牧場は、翌年から少しずつ荒れ始めた。体を動かすだけで農家を維持するのは難しい。ある程度の商才がなければ、農協に搾取されたまま先細りしてゆく。

久彦の父は、プラモデルや歴史小説が好きで手先の器用な男だった。もともとの気質が半分博打《ばくち》のような十勝型農業には向いていなかった。両親を立て続けに亡くし、二年続けて小豆で失敗し、牛肉も買いたたかれたとなればひとたまりもない。

目減りしていた土地も、それ以上手放せば肉牛の育成に差し支えるところまできていた。採算が合わなくなる前に手を打たねばならない。二反の牧草畑は飯島牧場にとって、手放せる最後の土地だった。

「父さん――、父さぁん」

久彦は父の背に向かって叫んだ。昼飯を一緒に食べよう。そう言うつもりだった。二度呼んだ。父は振り向かなかった。

翌日、牛舎に行ったきり父は家に戻らなかった。小学校も中学校も同級で、いちばん親しかったはずの友も父の行き先は知らないと言った。母親が翌朝捜索願を出した。どこかで首を吊《つ》っているのではないか、と久彦は思った。牧草畑に立ちつくす後ろ姿を思い出すと、そんなことを考えずにはいられなかった。前日に牧草畑で見た父の姿のことを、母に告げられないまま時間が過ぎた。

母は息子の前では一度も泣かず七年過ごし、夫の失踪宣告を申し立てた。中学を卒業するころ母が食卓で「失踪届」についての資料を広げながら言った。

「いいか、久彦。どんな道を選ぶにも、勉強だけはしておけ。身に付いた学問は何に使ってもいい。牛屋になってもいいし、畑を耕してもいい。いくらでも好きな道を選べるくらいの頭を養え。それがこれから先のお前の仕事だし、母さんが頑張る理由だから」

大学進学をあきらめて親を捨ててまで選んだ結婚が、まさか夫の蒸発で終わるとは当の本人も想像していなかったに違いない。母には戻る家がなかった。

久彦は、畑と牛舎を往復する母に叱《しか》られるようにして勉強した。大学合格が発表されたとき、土地は三分の一、牛の数は半分以下に減っていた。村から北海道大学に進学したのは、久彦が初めてだった。四年の春には大洋銀行の内定も取った。

就職が決まった久彦に母は「誰に訊《たず》ねても、女の影がなかったことがいちばんつらかった」と漏らした。失踪後、夫について彼女が触れたのはその一度きりだった。

片親で大手地銀に就職するのは、異例中の異例といわれた。それが自分への早すぎる人生の褒美だと気づいたのは、退職手続が始まったころのことだ。久彦の机はいつの間にか現場の歯車からは遠い場所に移されていた。

「君の労働条件や通院歴を見せてもらったんだけどねぇ、健康を害するような仕事量ではないと判断せざるを得ないんだよ。精神的な苦痛も含めてね」

「どういう意味でしょうか」

「辞職というかたちになるということなんだが、不服かな」

「わたしは自分から退職を申し出たつもりはありません」

「こちらも、解雇を言い渡すつもりはないんだよ。君が病気を苦にして、職場に居づらくなってのことと判断しているんだが、違うのかね」

何につけ「負けた」と思うのが嫌いだった。常に勝っていたかった。努力は惜しまなかったつもりだ。ときにはあざとい手を使って同期を蹴《け》り落とした。周囲が陰で何を言おうと、一歩でも前に出ればそれですべて帳消しと思っていた。

貸し付け金が何件か焦げついて、焦りがあったのは確かだ。眠れなくなるのも当然の、業績の悪化。しかしそれも、みな同じくらいの量を抱えていたはずだ。師走《しわす》の半ばを過ぎたころだった。焦げつきがいよいよどうにもならないとわかった。頭を抱え、胃が痛み始めた久彦の机の周りを、部下がぐるぐると歩き回り始めた。ひとりふたりと数が増えて、輪になって回っていた。次第に人数は膨れあがり、蹴落とした同期や、逢《あ》う回数がめっきり減った婚約者の香津美《かつみ》までが輪に加わっていた。久彦がいびり倒してスーパーに出向させた直属の上司、あいつ、こいつ。

「なんなんだ、お前ら！」

窓口係も、書類を持って立ち働く行員も、机に向かっている部下全員が動きを止め、久彦を見ていた。机の周りをうろつく人間などいなかった。視界が白く濁り歪《ゆが》んだ。時計も柱も人も、ダリの絵のように流れていった。医者からは過労と診断された。目覚めたベッドの上で、支店のシャッターが下りたあとだったことにほっとしていた。一週間の入院中、支店長以外だれも病室にやってこなかった。

香津美を見かけたのは、ハローワークで失業認定申告書を提出した日だった。

三度目の認定も、受理されほっとしていた。久彦はたっぷりある時間をどう過ごせばいいのかわからないまま、ふらりと香津美と同じ札幌行きの電車に乗った。午後の日差しのなか、空《す》いた電車で運良く眠気を手に入れて、このまま終着の小樽《おたる》に着いてもかまわないと思った。目覚めたときは香津美も景色もすべて消えて、ついでに自分も消えていれば万歳だ。

一車両に三つあるドアの向こう端とこちら端に座っていた。少し視線をずらせばお互いがはっきりと視界に入ってしまう。気づいたときに香津美がどんな顔をするか、見てみたかった。怒りが自虐に変化している。いい傾向ではないだろう。

二つめの駅で客がふたり降りた。香津美と目が合った。長い髪を、今日は右横に垂らして結わえている。黒いパンツと上質な革のパンプス、薄い紫色のサマーセーターには大ぶりなネックレスを着けていた。傍らに見慣れないバッグ。彼女は同じバッグを二年使わない。久彦もいったいいくつ買わされたかしれない。香津美の中途半端なプライドの高さが好きだった。強いて言うなら、そのプライドあってこその女だった。

将来性があるならば、実家の職業など何でも構わない。ただ、仕事を辞めていきなり牛飼いになるのだけは勘弁してほしい。要求ははっきりしており、愛だの恋だのという言葉ですべてをごまかそうとする女よりよほど信頼できた。

最後に肌を合わせた夜、久彦はいつものように彼女を抱けなかった。

「俺、疲れてる」

「そうみたい」

裸の胸を隠しもせず、香津美は真顔でうなずいた。

つきあい始めてすぐに、香津美のほうから先に結婚話を始めた。自分には久彦との別れを怖《おそ》れる理由がないと、信じてでもいるようだった。

「飯島さんだったら、結婚してあげてもいいな」

資産もそれほど、大した家柄でもない。高級住宅地といわれる円山《まるやま》のマンションに住んでいるのが自慢の両親に育てられた女。親も娘も、画家や作家の誰それと交流があるというような、低俗な自慢話が好きだった。

自分の言葉が「片親で実家は農家というハンディを覆せるほどの出世を見込める」という意味だということに、気づきもしない笑顔。

「うちの親もあなたの実家のことは納得してくれているから、心配しないで」

妻にするなら、このくらい高慢ちきで厚かましい女がいいだろうと思った。プライドのない女は困る。俺の妻になるからには、夫婦の難題がでてきたとき、気持ちより肩書きを取るような神経がなければ。

その香津美も今日はどこか投げやりな気配を漂わせている。

久彦は女から視線を外し、向かい側の窓を流れてゆく景色を見た。このあたりを川下へ向かって走れば、廃品ロードがあり、そのどん詰まりには社会から抹殺された父と、父に拾われた廃品の女がいる。

駅を更に三つ通過するころ、久彦が投げ出したつま先のすぐそばに、香津美のパンプスがあった。さほどの期待も持たずにつり革を見上げた。久彦が知っている狡猾《こうかつ》な笑みはない。夏の疲れをにじませた女の口元が、パールのきいたグロスで光っていた。

「もしかして仕事中なの」

「今日は休み。映画でも観《み》ようかと思って出てきたところだ」

「一緒にお茶でも飲みましょうよ」

再就職先はどこかと訊ねた香津美に、大手新聞社の名前を挙げた。北海道新聞が幅をきかせている土地では、かなり健闘している会社だった。

「東京転勤とかの可能性はあるのかしら」

「現地採用だから、多少時間はかかるかもしれないけどね」

女の顔がぱっと明るくなった。

久彦は札幌駅に隣接するホテルのツインルームで、香津美と肌を合わせた。ひどい筋肉痛も、女を抱いているあいだは忘れていた。部屋の窓からは大通公園や藻岩《もいわ》山、大倉山も見える。定山渓《じょうざんけい》方面へと続く緑が、力強く空に伸びていた。

西に向かう太陽が部屋を直接照らしていた。久彦は今日自分がスーツを着ていた理由を思いだした。ハローワークの帰り。いかにも無職と思われるのが嫌だった。スーツ姿でなければ香津美も自分を誘わなかっただろう。嘘《うそ》をついたことへの罪悪感はない。

内側に粘るように巣くっていた欲望が、からりと乾いていた。今なら、自分の口から自分に向かって「ばぁか」と言える。耳から入ってくる得体のしれない声ではない。何度も振り返り、声の主を探していた日々を思いだした。

パウダールームで化粧を直し終えた香津美がキャミソールとショーツ姿で部屋に戻ってきた。香津美は久彦のあとにつきあった男がいることと、それがひと目を忍ぶような関係だったことをぽつぽつと告白した。女の頬には艶《つや》が戻っている。ことの最中に声を出す女じゃなかったことを思いだしても、さほど心が揺れなかった。自分はもうこの女を欲してはいないのだろう。それがわかっただけでも充分だ。

「お互い、いろいろあるな」

「あなたと別れてから、いいことなんかひとつもなかった」

久彦とのつきあいをオープンにしてしまった香津美にとって、職場での良縁はもう望めない。「中古品」と彼女は言った。数日前に「廃品」を見た久彦には、ひどく生命力のある言葉に思えた。

「悪いな。実は、就職したなんて嘘」

香津美の眉間《みけん》に見たこともないような皺《しわ》が寄った。

「冗談でしょう」

「残念ながら本当だ。昨日までずっとアパートで寝たり起きたりしてた。女とやったのも久し振りだ」

女の両腕がだらりと下がり、ふるふると震え始めた。

もう少し大げさに言えば良かったかなと思ったところで、思わず笑ってしまった。

「信じられない」

香津美もようやく自分の計算高さに気づいたようだ。「上司とつきあって中古品に磨きをかけた甲斐《かい》があったじゃないか」。口をついて出そうになる言葉を飲み込み、唇を歪ませた。

香津美がパウダールームにとって返し、勢いよくドアを閉めた。

軽くなった体をスーツに包んで、久彦はホテルをあとにした。香津美は最後までパウダールームからでてこなかった。

就職の面接を三つ受けたが、どれも自分にとって低いはずのハードルが跳べなかった。学歴や職歴と受けた会社の落差を、久彦本人が知っている。内心では相手を小馬鹿にしながら頭を下げている。それが最大のハンディだった。

「当社で働きたいと思われた理由をお聞かせ願えませんか」

「将来性と明確な経営方針、なにより安定した業績です」

「安定や将来性という点では、大洋銀行さんに敵《かな》うところはないでしょう」

「大洋銀行での経験が、お役に立つなら嬉《うれ》しいです」

すべてを忘れて是が非でも一から、という気配を相手は欲しがり、久彦は自分の持っているものが武器であると思っている。そのずれを解消するのに、あとどれくらい面接に落ち続ければいいのかわからなかった。面接はほとんど同じ流れだった。どれもたんたんと始まり終わる。「いける」という感覚は、どの社にも持てなかった。三社から同様の不採用通知を受け取ったのは、道央にもしっかりとした秋風が吹き始めた九月初旬のことだ。

日にちと曜日、時事ニュースや世界情勢を頭に入れることだけは怠るまい。そんな決意も、このまま年を越してしまうかもしれないという恐怖と、それでもいいやという投げやりな思いのあいだで揺れている。

これからどうする――。

いっそ実家に帰ってしまおうか。帰郷は久彦にとって完璧《かんぺき》な敗北だった。結局、村の神童も家に戻ればただの都落ちだ。

今なら、夫を失い息子も寄りつかなくなった母に集落は優しい。生まれ育った土地の人間関係を外から見れば、銀行の上下関係よりもはるかにわかりやすい「哀れみ」の尺度があった。故郷に戻った自分にいったいなにがあるのか。考えると心臓にぎゅっと絞られるような痛みが走る。

「最近読んだ本は？」という質問に素早く答えられるようにと、賞の冠がついた時代小説と啓発系のベストセラーを読み終わったのが午前一時だった。

午前四時。目覚めるには早すぎる。

だいたい、最近読んだ本の題名と感想を訊かれるような会社にはもう再就職などできないと気づいているのに、まだこんなことをやっている。目覚めたことよりも、そこに気づいてしまったことにうんざりした。

トイレに起きた際、玄関のゴミ袋に溜《た》まったペットボトルが目に入った。再び眠れるような気がしなかった。久彦はジーンズとTシャツの上にパーカーを羽織った。空のペットボトルが入った袋を持って玄関をでる。

白いトラックが公園横の通りをゆっくりとゴミステーションに近づいてきた。あの日はうっすらと夜明けの気配を漂わせていた空が、今日はまだ夜のままだ。久彦はゴミステーションへ向かう足を速めた。

夏の日と同じ位置で、トラックが停まるのを見ていた。運転席から降りてきたのは父ではなく美奈だった。助手席には誰もいない。美奈は「あらおはよう」と相変わらず嗄れた低い声で言うと、すぐに電柱の横にあったガスコンロに手を伸ばした。持ち上げたり五徳を外したりしながら品定めをしていたが、じきに見切りをつけて立ち上がった。

「あいつはどうした」

「風邪で寝込んでる」

「いつからだ」

「もう一週間くらいになるかな。こじらせてるのかもしれない。その、偉そうな言いかたやめてって言ってるでしょう」

嗄れた声がいっそうひどくなっていた。気温の変化について行けるような体力を、消費期限切れの弁当だけで維持できるとは思えなかった。廃品小屋の壁から漏れる煤《すす》けた陽光のように、父と美奈の命も透けて穴だらけだ。

「ちょっとここで待ってろ」

久彦はアパートの部屋にとって返した。ありったけの水のボトルと、電話台の下にある薬箱から使いかけの解熱剤や総合感冒薬、ドリンク剤をレジ袋に詰める。

ジーンズのポケットには財布が入っていた。まだ一万円くらいはあるはずだ。

ゴミステーションの前で、美奈が辺りを気にする様子でトラックの運転席に座り待っていた。運転席に向かって、レジ袋を持ち上げた。

「とりあえず薬。ただの風邪なら少しは楽になるだろう。金はあるか」

ポケットから財布を取り出そうとした久彦を見下ろし、美奈が言った。

「そんなもの押しつけないで」

美奈がトラックのエンジンをかけた。久彦は早朝のゴミステーションで怒鳴った。

「このままあいつが死んだら、俺もお前も人殺しになるじゃないか」

「それが嫌なら自分で渡せばいいでしょう」

久彦は再びトラックの助手席に座った。

美奈はその日も前回と同じゴミステーションをまわった。彼女が文彦や久彦のことを考えている様子はまったくない。久彦は美奈が廃品を物色する様子を見ながら、さっさとこの場を立ち去りたい一心で、手伝えるところは手伝った。夜明けまでまだ少しありそうな薄闇《うすやみ》のなかを、美奈はようやく廃品ロードに戻っていった。

トラックを降りる際、美奈が言った。

「ねぇ、なんでこんなことするわけ」

「誰でも同じことするんじゃないのか」

「もう死んだことになってる、自分を捨てた父親じゃないの」

己の親切心の先が失踪した父でなくても、誰かを救うという行動がなにかいい報せを連れてくるかもしれないと思っている。父を許す自分を演出しているのは、常に久彦を動かし続けてきた損得勘定だった。見る者がいなければただの自己満足、そこに他人がいればこそのパフォーマンスだ。

美奈の目は歪んだ久彦の心根を映し出すように光を放っている。自分の心のありかなど、久彦だって気づきたくない。

「それとこれとは別だ」

「とりあえずブンちゃんの息子だもんね」

自分用のソファーで饐え臭い毛布に包まれ、文彦が横たわっていた。小屋の中はなにも変わっていない。

美奈が木くずや古新聞を錆びたストーブに入れた。ジャージのポケットから百円ライターを出して新聞に火を点《つ》ける。炭も薪もない。火はすぐに消えてしまうに違いない。いっときの暖にさえならないようなストーブだった。

レジ袋を差し出す。美奈は中身を覗き込み、受け取った。美奈は水や薬をひとつひとつ文彦のソファーの足もとに取り出し、総合感冒薬とドリンク剤を選び、立ち上がった。

「ブンちゃん、お薬だよ。ちょっと起きて」

父は背もたれのほうを向いたまま動かなかった。美奈が頭を持ち上げ、口の中に錠剤を三つ入れる。目も開いていないし体はまるで無反応だ。その姿は人間というより大きな虫を思わせた。

美奈はペットボトルの口を開けると、もういちどブンちゃんと声をかけた。嘲笑《ちょうしょう》するような言いかたがカンに障った。

「ほら、水。飲みなよ。あんたの息子が持ってきてくれたんだよ」

美奈が舌打ちをして、今度は毛布ごと体を起こし文彦の口元にペットボトルを持っていく。無理やり開けた口に水を流し込んだ。口から溢《あふ》れた水が父の耳に入るのを見ても、なにも思うことができなかった。

わかりやすい嫌悪や、血縁なんぞくそくらえといった思いすら浮かばない。父が家を出ていったあとに味わった数々の屈辱も、ささやかな肩書きを手に入れたときの優越感も、それらをすべて失ったときに見てしまったものも、なにもかもがペットボトルから父の喉に流し込まれる水と同じ、無意味なことのように思えた。

この男は季節の変わり目に誰もがひくような風邪で、簡単に命を落とすのだろう。父は自身を嚙み捨て続けている。文彦の体調が元に戻るとは思えなかった。風邪は長引き、運良く動けるようになったとしても、この冬は生きることにさえ苦戦するだろう。ここでの命など、美奈がゴミステーションで拾うのをあきらめたガスコンロみたいなものだ。

その夜、美奈がいくらブンちゃんと呼んでも、父は動かなかった。久彦の目にも、かろうじて呼吸をしているようにしか見えなかった。

「もう四、五日なんにも食べてない。前の人もそうだったらしいよ」

美奈の言葉の意味するところを訊ね返すのはやめた。

錆びたストーブから上る炎が小屋の内部を照らしている。雑品の中から、燃やせそうなものを引きずり出し、割ったり折ったりしながら足していた。仏壇も割ったし、カラーボックスも壊した。仏壇の中にあった位牌《いはい》も、食器棚の引き出しも、そこに入っていた割り箸《ばし》の束も、みな燃料だ。ひとときの誰かの役にたつ。それが雑品の最期だった。火の気が心細くなると、久彦は父の軍手をはめてバールやツルハシ、刃の部分が半分しかないノコギリを使い燃料を作った。理由はどうあれ、自分の手で何かを壊す作業が楽しく思えてくるのは不思議だった。

夜中、美奈は三回にわけて栄養剤を飲ませた。干からびた男の口からはそのたびに、細い風音が漏れていた。虫のような姿は哀れという言葉さえ受け付けない。

空いたソファーは「前の人」の指定席だったのだろうか。久彦は湿った布張りの椅子に腰を下ろして、木切れを足し続けた。筒型ストーブの、ずれた天板から漏れる炎に手を炙《あぶ》る。夜を迎えて気温は下がり、パーカーだけでは夜気が沁《し》みてくる。

「寒かったら、これ使って」

美奈が湿気《しけ》った毛布を放《ほう》ってよこした。

「前の人はこんなふうに食べられなくなってから三日目の朝に、息をしてなかったって」

「前の住人も、ここで死んだのか」

美奈はうなずき、ストーブの明かりを、一瞬愛《いと》おしげに見つめた。

「このあいだ、あんたが帰ったあとそう言ってた」

炎に照らされると、もともとの顔立ちが強調され、宝塚出身の、名前は忘れたが男役だった女優を思い出させた。久彦は足もとにあった板きれをストーブに入れた。火の粉が散って、中で板が爆《は》ぜた。塗料が燻《いぶ》されるにおいに閉口しながら、テレビアンテナの一本を曲げて作った火掻《ひか》き棒で炎をおさえた。

ねぇ、と美奈が話しかけてきた。嗄れた声は痰を含んで、聞いている方も苦しい。

「あんた、もうここにこないほうがいいと思う。ここ、ちょっと居心地がいいんだ。だから、ときどき『お客さん』も紛れ込むわけ。あんたみたいな」

「お客さん、て」

「雑品を盗みにきて、そのまま居着いちゃう人。あんたが座ってるところに寝泊まりしながら一週間とか一ヵ月とか、長いのは半年くらい。ブンちゃんに言わせると、わたしはもう彼の次の主らしいよ」

「お前、帰るところがないのか」

「もう面倒なんで考えてない、そういうこと」

たとえば、と前置きして訊ねてみる。今の主が死んだとき、どうするのか。

「お互いにどこの誰だかわからないから、なるべく深い穴を掘って埋める」

「火葬しないのか」

「火葬って、死亡届がいるじゃない。ブンちゃん、失踪届が出てるんでしょう。今さら外の世界に戻しても、周りが迷惑するだけ。たまたまこうやって住人がふたりいる期間が重なってるからちゃんとまわってるけど、このあとに誰もいなかったら、あとはひとりで腐っていくんだ」

だから、と美奈が言った。

「あんたもう、こないほうがいい」

「別に、今さらこんな親の死に目がどうのって言いだしたりしないさ」

「違う、そういうことじゃない」

軍手をはめたままの手を炙って、美奈が真剣な顔で久彦のほうを向いた。

「わたしたちってもう、死にそうな人間を見ても、たぶん助けようなんてことは考えないんだ。見て見ぬ振りをしてあげたほうが、親切だってこと知ってるから」

「どういう意味だ」

「あんた、ここが居心地良くなっちゃうタイプの人間だから。廃品になるタイプの人間だって、わかるから」

父がどんな経緯でこの小屋に流れ着いたのかはわからない。ただ、美奈にそう言われてみれば自分にも父と同じ血が流れていることが腑《ふ》に落ちてしまう。

どうせ――。

どうせこの男の息子なんだし。どうせ、故郷には戻れないし。どうせ——。

その思いこそが、久彦が掘り進めている「墓穴」なのだろう。

「ブンちゃんもわたしも、どん底なりのプライドがあるの。だから自分の墓を掘るの。あんた、これ以上いると、戻れなくなるよ」

廃品のプライドなど知りたくもないと思う傍らで、そんな生き方や死に方も選択肢のひとつであるような気がしてくる。

「息子だったら、放っておいてやんなよ」

久彦はストーブに木切れを足し続けた。美奈は横になり、軽い鼾《いびき》をかき始めた。木くずが弾《はじ》ける音のあと、文彦が「こほっ」とちいさな咳《せき》をした。久彦は黙って父の枯れ木のような背を見ていた。上半身がいちど、ゆるやかに波打ったあと、動かなくなった。久彦は立ち上がり、毛布にくるまった父を見下ろした。再会してから、もっとも近い場所にいた。そっと耳の下に触れてみる。ゴムのような感触だった。鼻先に手のひらを近づけてみた。呼吸が止まっている。

ストーブに木切れを二本入れたあと、美奈に声をかけた。長い息を吐き出し、美奈が起きあがった。

「もう、息をしてない。死んだみたいだ」

いつ、と問われ「今」と答えた。美奈が立ち上がり、久彦がしたように首を触り、口元に手のひらをあてた。

「本当だ。死んでるね」

ブンちゃんの穴に連れていこうと美奈が言った。小屋の裏にある廃品の壁に、一ヵ所だけ通り抜けできるところがあるという。久彦は毛布に包み直した父を美奈とふたりで持ちあげ、小屋の外に出した。驚くほど軽くなった「飯島文彦」の亡骸《なきがら》をいちど土の上に置く。久彦は空を見上げた。夜明け前の星々が、名残惜しそうに瞬いていた。

人がひとり屈《かが》んで通り抜けるのがやっとの低いアーチの向こうには、廃品から出た油や薬剤の染み込んでいない草地があった。そのアーチをくぐらせると、文彦が自ら掘ったという墓穴があった。美奈がベニヤ板をずらすと、ぽっかりと縦長の穴が現れた。

「みんな、このあたりに埋まってるんだって。ブンちゃん、わたしに力がないことわかってるから、あんたがここにきた次の日にせっせと掘ってたよ」

久彦は大きなため息を吐いた。わずかに脳裏を母の面影が通り過ぎたが、それもはっきりとした像を結んではいない。毛布に包んだまま亡骸を降ろそうとした久彦を、美奈が止めた。

「毛布、だめだよ」

理由を問うと、彼女はあっさりと「使うから」と答えた。久彦が両脇を、美奈が膝《ひざ》を持ち、文彦の体を穴に落とした。もうすべてが腐っているような、ひどいにおいがする。穴の空いたシャベルで、かき集めた土をかけ続けた。

土が平らになりはじめた。

父は牧草畑から一足飛びにここへやってきたのだと思った。胸奥にあったさびしげな背中も消えた。記憶に残っているのは視界いっぱいに広がる牧草畑の緑だった。うっすらと夜が明け始めていた。

星は、まだいくつか瞬いている。

久彦は廃品の中から、適当な自転車を選んで夜明けの廃品《スクラップ》ロードを走り出した。

アパートに辿《たど》り着き熱いシャワーを浴びてバナナを一本食べているところで、携帯が鳴った。時計を見た。母が朝の給餌《きゅうじ》を終えて牛舎から戻る時間だった。躊躇《ちゅうちょ》しながら、通話ボタンを押す。久彦の声を聞いて、電話をかけた母のほうが驚いていた。

「忙しかったのかい」

穏やかな声が、気持ちから息子を切り離すまでに要した時間を物語る。母がいちばんつよかった。母さん、と言ったきり次の言葉がでてこない。母は辛抱強く息子の言葉を待っていた。

「俺ね、春に銀行辞めたんだわ。ちょっと体調崩してた」

思いのほか力強い声で母が言った。

「こっちに、帰ってくるかい」

「いや、仕事探してるから、大丈夫だ」

「体を壊すような仕事はいけないっしょ」

大丈夫だと何度も言って、ようやく「がんばれ」というひとことが聞けた。

「母さんのことなら心配いらんから。お前がやりたいことやったらいい。ちっちゃいころからいっつも無理して、そのうち無理が癖になってたもんねぇ。なんかお前を見ていると、こっちはいつも胸んとこがざわざわしてしかたなかった。男だらいろいろあると思うけども、あんまり深く考えないことだよ。身の丈越えれば、足もとがおろそかになるから」

ストーブの炎が尽きるように死んでいった父のことも、その父を二度失った自分のことも、故郷でひとり同情を飼い慣らし牛の世話と畑に追われる母のことも、ぐるぐると胸の奥で絡まりあうばかりで少しもほぐれることはなかった。それでもまだ、体にはシャワーの熱さが残っている。嗚咽《おえつ》を堪《こら》え、もう一度言った。

「俺のことは、大丈夫だから」

「そんなになんべんも言ったら、親ってのは余計に心配するもんだ」

久彦はその日五通の履歴書を書いた。

早朝に目覚めてしまう癖はその後一ヵ月経っても抜けなかった。毎日午前四時ぴったりに目覚めてしまう。ならばいっそと思い、アパートからいちばん近いコンビニの、早朝から昼までのバイトを始めた。十月の朝は、雪はないけれど充分冬の寒さを予感させる。それでも起きている時間が賃金に替われば、就職が決まるまでの家賃くらいにはなる。

店員用の上着を羽織り、店主からレジを引き継いだ。

引き継ぎの際に、廃棄用の弁当を持っていく輩《やから》がいるという店主のぼやきを聞いた。

「なんだか、余所《よそ》の話とも言っていられなくなってきたんだよね」

白髪まじりの温厚そうな表情がさびしそうにうつむいた。店主は、自分も幼いころ貧乏な家庭に育ったので、食べ物を捨てるのはしのびないのだと言った。

「これでなんとか今日をしのげるなら、どんな人でも持たせてやりたいって思うんだよ。ただ、うちも商売だし。期限切れの弁当で何かあったら大変だから」

おかしな人間がきたら、それとなく注意してほしいと彼は言った。場合によっては通報してもいいという。久彦はうなずき、レジに自分のコードを入力した。

節電対策で店内の電灯を半分に落としていた。夜から朝へ、この時間帯に店の前を通るのは大型トラックばかりだ。他店より駐車場を広く取っているため、仮眠してゆく運転手もいる。駐車場が見えるように設置された鏡に、大手運輸会社のトラックが映っていた。ぼんやりと眺めていると、トラックの向こうから人影が現れた。久彦は注意深くそのちいさな影を見る。

美奈だった。

店の裏手に行き、廃棄用のポリバケツを物色している。店主は何も入れておかなかったらしく、美奈は空身で戻っていく。ジャージの上に、今日は男物のジャンパーを羽織っていた。

土の上に転がった父の姿が眼裏《まなうら》に現れ消えた。

自分はまだ何も得ておらず、失ってもいないのではないか。

トラックの陰から現れた廃品回収車が、ゆっくりと久彦の視界を通り過ぎて行った。

たたかいにやぶれて咲けよ

午後一時だというのに、街は夕暮れどきのような暗さだった。

六月になってもまだ、この街は肌寒い。橋から向こうに続いている一直線の駅前通りも、今日は半分が煙っている。小雨というには少し粒が細かく、海霧というには大きい。三度目の春を過ぎても、霧と小雨の境がいまひとつはっきりしない。

山岸里和《やまぎしさとわ》は生涯学習センターのカフェに腰をおろし、水滴に濡《ぬ》れる窓を見ていた。薄手のフリースを着ていても、窓辺にいると少し冷える。クールビズなどどこの国の話だ、と笑ってしまうくらいの寒さだ。

中田《なかた》ミツの訃報を受け取ったのは、記事をまとめるつもりでパソコンを取り出した直後だった。

「一昨日でした。さっきまで姪御《めいご》さんとミツさんのお部屋を片付けていたんですけど。山岸さんにご連絡をしなくちゃと思いまして。遅くなって申しわけないです」

中田ミツは、取材を申し込んだはいいが、結局こてんぱんにやりこめられ記事にはできなかった相手だった。デスクの紺野《こんの》は「あの婆《ばあ》さんは、お前には無理だ」と言ったが、それならばと挑んだ先である。

「湿原を見下ろす養護老人ホームで、ひとり死を見つめる歌人」

半世紀という長きにわたり、道東の短歌会を牽引《けんいん》してきた八十二歳の女が老人ホームで余生を送っている、という事実が里和の興味を引いた。道報新聞の記者コラム「ひと、ひとり」で取り上げた、「元受刑者Aのその後」が署名記事となってすぐのことだった。反響の多さが里和の鼻息を荒くし、同時に背を押した。しかし、紺野の反応だけはほかと違った。

「お前、この男の元女房にアタらないまま書いたんじゃねぇだろうな」

「どういう意味ですか」

「でっかい穴のある記事だってこと、気づいてんのかってことだよ。お前がそこんところ見て見ぬふりをしたのか、それとも気づかずに書いたのかでずいぶんと話は違うってことだ」

紺野は、里和が元受刑者Aの妻に会っておきながら、一切そこに触れずに記事を書いたことを言っているのだった。会っていながら書けないのは敗北だった。

「記事としては及第点かもしれんが、お前のやったことは『逃げ』なんだよ。女房に会ってないなら、ただのまぐれだ」

中田ミツに関しては、取材をしたはいいが記事にできなかったことを報告も謝罪もできないままひと冬を過ごしてしまった。頭の隅にいつも気がかりとしてあったはずだ。中田ミツへの面会を取りはからってくれたケアマネージャーは、もっと早くに連絡すべきだったと恐縮していた。

「喪主は姪御さんでした。ミツさんの喫茶店を引き継いだ人です」

「お身内だけの葬儀にお邪魔するのは、却《かえ》ってご迷惑になりますし。近々、ご焼香させていただくことにします」

礼を言って電話を切った。開いたノートパソコンのスクリーンセーバーでは、丘一面にひまわりが咲いている。中田ミツが遺した歌集『ひまわり』を思いだした。四十代に詠《よ》んだ歌を中心にまとめた一冊だった。

『たたかいにやぶれて咲けよひまわりの種をやどしてをんなを歩く』

四十代半ばのミツは、恋愛を「たたかい」と詠み、敗れても咲けと己を叱咤《しった》する。内奥に花の種を宿した歌人は、一体なにを糧にして咲いていたのか。全体から乾いた諦念《ていねん》が漂う歌集だ。

一読して、中田ミツという歌人の、プロモーションビデオを眺めている気がした。中央歌壇で活躍する足がかりになった歌集ではあったけれど、帯のうたい文句である「エロス」より、太い茎のてっぺんで大輪の太陽を抱えたひまわりの、生への情念が前に出ていた。花が大きければ大きいほど、できる影もまた同じ、という読後感が残る一冊。読み手のなにかしらを吸い取る、という点で中田ミツの執念を感じる歌集でもある。

最近はいちいち社に戻らなくなった。アウトラインを組み立ててすぐに次の取材先に向かう。生意気と言われても、鉄砲玉と呼ばれても動じない。

デスクの紺野とは歓迎会のセクハラ騒動がいまだに尾を引いている。「優秀な新人記者様」と小馬鹿にされてもとりあえず動じなくはなったが、毎日毅然《きぜん》としていられるわけもない。ときどきわけもなく落ち込み、気づくとワンルームの隅で泣いていたりもする。泣けば少しは楽になるのか、重い体を引き上げ引きずり、職場に通っている。

失敗が六割。独りよがりな記事への叱責と、ときおり褒美のように訪れる「にわか自信」を往復しながら、記者生活は三年目に入った。

去年の十一月だった。里和は、文化担当の記者が「なんだかなぁ」とぼやいているのを見て、歌人・中田ミツへの取材を決めた。歌集を八冊出版し、全国的にも名の通った歌人が、余生を老人ホームで過ごしている。五十代までは「エロス」の看板を掲げていた歌人も、近年はほとんど表舞台には出なくなっている、という情報だった。

「ここへの入所を決めた理由を伺ってもいいですか」

「別に、こういう終わりかたが自分にいちばん似合っているような気がしただけよ」

「おひとりで過ごす、ということでしょうか」

「あなた、目に見えるものと内容が違うことくらい、新聞記者ならわかるでしょう」

丸く柔和な顔に似合わない辛辣《しんらつ》な言葉が取材ノートに並んだ。中田ミツは自分の最期は自分で決めたいと言い切った。それが八十余年流されずにやってきた自分への褒美だという。作風からなのか、現実にそうなのか「恋多き歌人」の看板は齢《よわい》八十を過ぎてもなお、彼女を枯れた女には見せなかった。敢《あ》えてひとりを選ぶことにも、なにか理由があるのではないか。里和にそんな想像を許す歌人の、白髪と赤い唇が鮮やかに蘇《よみがえ》る。

「結婚もしなかったし、子供もいない。そのお陰で手に入れたものもたくさんあるのよ。まだ二十代じゃわからないでしょうけど。だいたい、やりたいようにやって生きたいように生きてきたくせに、終わりだけ人まかせなんて、格好悪いじゃないの」

個人的にうなずける部分はあっても、そのまま記事にしたのでは多数の読者の共感は得られない。正直、中田ミツの記事は取材半ばで「お蔵入り」を予感させた。取材を始めて一時間後「記事にならないかもしれない」というあきらめと失望感は、すぐに勘の良い歌人に伝わってしまった。

「頓挫《とんざ》はわかってたでしょう。あなたは、ある程度の共感や感動を約束された文章を書かなきゃいけない。だいたい人間ひとりを、そんなカテゴリーでくくろうってところに無理があるの」

ただ、とミツは言った。

「死んだあとならかまわない。記事にするなら、わたしが死んでからになさい。明日かもしれないし、一年後かもしれないけど、今日の取材が生きるのは、おそらくわたしが死んでからのことよ。今あなたが書きたい記事のお手伝いはできないけれど、わたしが死んだあとならどういうテーマにしてもいいものになると思う。あとはあなたの腕次第」

生きたままだと肉だって魚だって料理をしづらいのよ、と彼女は笑った。たしかに、訃報を聞いてわずかだが心持ちが軽くなった。「ようやく記事になるかもしれない」という欲に襲われた時点で、里和は再びミツに一本取られていた。

「名を成した人間は、死ぬと必ず喜ぶ人間がいるものだ」

先輩の言葉を思いだしていた。

頭のなかではついさっき取材した「霧フェスティバル」の記事を構築していたのだが、意識は中田ミツのことに傾いている。生涯学習センターのガラス窓に、さっきより粒を大きくした雨が幾筋も流れていた。老人ホームの一室から見た、冬の湿原を思いだす。毎日彼女が見ていた景色も、墨絵の濃淡を見ているようだった。

あの日、冬を迎えたホームには、クリスマスの飾り物があふれていた。近隣の幼稚園から寄贈されたという折り紙の額縁や、たどたどしい文字で書かれた「長生きしてね」

のメッセージ。中田ミツはそうした掲示物を見ながら笑った。

「こんな意識を持ったまま、まっすぐな大人にだけはなってほしくないわねぇ。後ろめたいことのない人間なんて、胡散《うさん》くさくて気持ち悪い」

ミツの歌集をすべて読んでから会ったのは正解だった。もしも読まずにいたら、彼女はもっと里和を小馬鹿にしていたに違いなかった。人間の裏側を撫《な》でるような歌を、彼女は好んで残した。いわゆる生活詠と呼ばれるほのぼのとした世界は、彼女の作風ではない。

「わたしが死んだら、追悼記事くらいは書いてくださるんでしょう。道報さんにはずいぶん寄稿したし、そこそこ話題も提供してきたし」

中田ミツは長いこと、道報新聞社が主催する文学賞の短歌部門選者だった。追悼記事は本社文化部の熟練記者が書くことになるだろう。つまりは地元においてそのくらいの大物文化人ということだ。ネームバリューと記事内容のバランスの悪さを武器にできると踏んだ里和のもくろみは、みごとにはずれた。出会って早々に、彼女の毒が全身にまわっていた。

「知った記者さんはみんな偉くなって記事なんか書かなくなっちゃってるし、会ったこともない人にありきたりなこと書かれるのは嫌だわねぇ。あなた、おもしろそうな子だから、わたしの追悼記事をお書きなさいな」

は？　と返してしまうような言葉を、彼女は平気で口にした。

「もちろん、すごくおもしろく書かなきゃ駄目よ」

里和が戸惑うたび、中田ミツは赤い唇をまるい輪にして嬉《うれ》しそうに笑った。彼女の笑顔は、記事にしようという意欲や興味を、まるごと怖《おそ》れへと変化させた。あれほど小気味よく自分を捌《さば》いてくれたことが、今は苦みを超えてかすかな甘みへ変化している。それこそが中田ミツという「毒」ではなかったか。

里和は窓を流れ落ちる水滴のひとつを目で追いながら「たたかいにやぶれて咲けよ、ひまわりの」とつぶやいた。

喫茶店「ＫＡＪＩＮ」は駅前通りから一本東側に入った通りにある。一階がアンティークを基調としたジャズの流れる喫茶店で、二階が斉藤昌子《さいとうまさこ》の住まいになっていた。道東はＪＲが街の主要な交通網ではない。バスを利用するのは高校生か年寄りで、あとはほとんど自家用車が足になる。「ＫＡＪＩＮ」も駅に近いとはいえ、そのことはあまり商売の足しになっていない。

里和が焼香を終えると、ミツの姪、昌子が淹《い》れたてのコーヒーをだしてくれた。手みやげにしたバタークッキーが添えられている。部屋の隅に置かれた仏壇の前には、座布団がのせられた椅子《いす》があり、床もフローリングというよりは古い板張りだった。

台所も食卓も、家電もストーブもベッドも、みな見えるところにあった。仏壇の対角に、ノートパソコンとプリンターが置かれている。この部屋には、柱はあっても仕切りというものがなかった。

彼女が引き継ぐまでは、ミツが使っていたのだという。生活に必要なものがひととおり並んでいても、生活のにおいというのがまるでしない。ベッドをなくして絵を飾ればすぐにギャラリーになりそうな趣きだった。

昌子は五十前後に見えた。客商売をしているせいなのか、笑顔に癖がない。昨年ミツから感じ取った情念のようなものも希薄だった。彼女は自分の母親はミツの姉で六年前に亡くなっていると言った。ミツにとって、血の繋《つな》がった人間は昌子ひとりだという。

「お店を譲ってもらう際、叔母《おば》は米町《よねまち》にある実家で静かに暮らしたいと言ってました。この部屋は彼女が使っていたころとほとんど変わってないんですよ。彼女もわたしも自分のことにはあんまり手をかけるほうじゃないので。面倒くさがりなんです」

昌子はそう言うと、仏壇に並ぶ母親とミツの写真へ視線を投げた。里和も振り向き、細く煙が立ち上る香の先を見る。手入れの行き届いた仏壇には、よく似た姉妹が別々の額に納まっている。ハーブのお香なのか、においは仏間特有の線香くささとは少し違った。

昌子からこぼれ落ちる思い出話の中田ミツは、生涯独身、しっかり者、辛辣のほかに、うっかり者の一面もあった。デパートのトイレから出る際、セカンドバッグのつもりで脇に挟んだのがトイレットペーパーだったこと。そうと気づかぬまま家に戻ったこと。時計の針を見間違えて、ずいぶん暗い朝だと空に文句を言いながら夜中に店を開けたこと。空港の手荷物検査所を通るまで、お店のつっかけを履いていることに気づかなかったこと。どれもこれも昌子が語るとおもしろ可笑《おか》しく、焼香のあとだというのに、しんみりとはならなかった。

「叔母のことはいつも『中田ミツ』を演じてるみたいだって思ってました。山岸さんもお会いになったならおわかりになるでしょう。なんとなく、芸能人みたいって思いませんでしたか」

里和はどう返答していいかわからず、曖昧《あいまい》に笑った。

「若いころから恋多き歌人なんて呼ばれて、そのイメージを崩さないように生きてきたんじゃないかって思うんです」

昌子は、まだ短歌の関係者もミツの死を知らないのだと言った。

「それって、うちの訃報記事で周知するということでしょうか」

「道報新聞さんがどうお書きになるかはわかりませんけど、とりあえずわたしからは誰にもどこにもお報《しら》せしないことになっています。山岸さんにはたぶん、ケアマネージャーが気を利かせてくれたんだと思いますよ。ずいぶん訊《き》かれましたもの、本当に誰にも報せないつもりですかって」

それがミツの遺言だという。どう反応したらいいものか迷っていると、昌子はミツにそっくりな薄い唇を真一文字に引き結び、「人が悪いってこういうことよね」と微笑んだ。もしも彼女が赤い口紅を塗っていたら、ミツと錯覚しそうな笑顔だった。

「たしかに新聞で知ったみなさんは、どうして自分に連絡がこなかったのか、不審に思われますよね」

「誰にも報せないなんて、思わないでしょうからね」

昌子は涼しい顔でコーヒーを飲んでいる。一瞬、ミツの情念が取り憑《つ》いたように思えた。ひどく居心地の悪い思いをしながらも、里和はそこから立ち去ろうという気にならなかった。

それじゃあ――、里和の口から素直な疑問がこぼれ落ちた。

「みんな試されてるってわけですか」

「試されてるって、誰にですか」

「中田ミツさんにです」

昌子はゆっくりと視線を仏壇に移した。お香はほとんど灰になっている。部屋はハーブとコーヒーの香りが充満して、空気がいっそう重たくなった。

「おっしゃるとおり、叔母は自分に関《かか》わった人間をみんな、試すつもりだったのかもしれないですね」

斉藤昌子は、自分も試されているひとりかもしれないと笑った。彼女は里和のコーヒーカップを受け取ると、ポットから二杯目のコーヒーを注《つ》いだ。

「うちの母と叔母が、ちょっと複雑な関係だったこと、ご存じでしたか?」

「いいえ、去年お会いしたとき中田さんは、血縁のお話は一切されませんでした」

昌子の存在も、先日の電話で初めて知ったのだと告げた。彼女は眉《まゆ》を寄せていちど床を睨《にら》み、「どこまでもあの人らしい」とつぶやいた。

昌子が何を思って新聞記者に「叔母の過去」を語ろうという気になったのか、里和にはわからなかった。ただ、どんなに語り手に都合よく攪拌《かくはん》されても、真実は人の口から出たがるもののようだった。ここ二年のあいだに学んだことは、それだけかもしれない。あとは、ほんの少しのタフさとひとりで泣く術《すべ》。

叔母、と言いかけてすぐに昌子は「ミツさん」と呼び替えた。

「ミツさんは、長いことわたしの父と関係があったんです」

困った。それが正直な気持ちだった。このひとことで、ミツだけではなく姪の昌子にまで心を取り込まれていきそうだ。ひとつため息を吐いた。先ほどよりずっとミツに似た気配を漂わせ、昌子が続けた。

「母は気づかないふりの上手い女で、父はその母に輪をかけて気づかれていないふりの上手い男だった。わたしは両親のおかげで苦労知らずに育ちましたよ。ごくごく普通の家庭で、贅沢《ぜいたく》はできなくても幸せな少女時代でした。

父は市役所勤めでしたから、歩いて家へ帰るまでのあいだにこの『KAJIN』があるんです。週に一度、父は『KAJIN』で豆を買って帰ってくる。コーヒーのにおいが染みた背広にブラシをかけるのは母の仕事で、中学に入ってからはわたしの役目になったんです。父は毎日、決まった時間に家に戻る、伝書鳩《でんしょばと》なんて呼ばれてました。でもそれは、豆を買って帰る日以外のことです。二十歳を過ぎて、なんの変化もない家の中と会社生活とのギャップが面倒になって、一度ひとり暮らしをしました。お付き合いしているひとと、自由に会える場所がほしかったんです。ちょっと両親には紹介しづらい立場の人でした。

金曜日、仕事が終わってなんとなく父のことを思いだしたんですね。急に交際相手からその日の約束をキャンセルされた日でした。奥さんが風邪をひいたからって。まぁそれで別れる気になったんだけど。どうして父を思い出したりしたのか、今もわからない」

男との別れをつよく意識した昌子はふらりと「KAJIN」に立ち寄ったという。もしかしたら、父親がいるかもしれないと思いながら。週末に豆を買って帰ってくる習慣は今も続いているのかと、両親と暮らしていたころを懐かしんでもいた。

「わたしが店に入ってゆくと、カウンターのいちばん端に父がいました。背中だけでわかります。自分がブラシをかけていた背広なんだもの。でも父は娘が店に入ってきたことも気づかずに黙ってコーヒーを飲んでるの」

ミツは、数秒の間を置いて「昌子ちゃんじゃないの」と言った。カウンター席で振り向く父親は、実に無防備な男の貌《かお》を見せた。ひとに言えない恋をしている娘も瞬時に、父の密《ひそ》やかな想《おも》いに気づいてしまった。

「そのあとはふたりで並んで、静かにコーヒーを飲みました。黙り込んだ父と娘を前にしても、ミツさんは堂々としてましたよ。三人とも、お互いについてなにひとつ語らなかった。母のことも、ふたりのことも、わたしのつまらない恋のことも。あの日わたしたちは暗黙のうちに共犯者になったんです」

「なんの、共犯者ですか」

それぞれの想いを守ることだ、と昌子は言った。

「誰も不幸じゃなかった。母も父も、ミツさんも。あの日わたしはカウンターで満ち足りた男の貌をしている父のこと、どうしてなのか憎めなかったんです。ミツさんも同じだったんじゃないかな。彼は家に戻れば良き夫で良き父だったと思うの。当時つき合っていたひとがずいぶんと小粒で残念に思えるくらい。わたし、いいわけをしない男の人を、あのとき初めて見ました」

里和は正直に思ったことを口にした。

「誰ひとり、幸せではなかった、ということも考えられませんか」

昌子は首を横に振った。

「ひとがそれぞれの想いを守り合うと、もめごとなんか起きないの。あの三人から、わたしはそういうことを学んだと思います」

それに、と彼女は続けた。

「カウンターの向こうに、愛人とその娘がいるんです。短歌のネタとしては最高じゃないですか」

里和はハッとした。歌集『ひまわり』が鮮やかに立体となって脳裏に蘇る。たたかいにやぶれて咲くひまわり。その種をやどして咲く中田ミツ。

「こうやって、同じ仏壇に並んでいるふたりを見ていると、不思議な気持ちになります。後ろには父の位牌《いはい》もあるんですよ。父は、この世《ひと》のお別れのときも何も言わなかった。母も静かに逝きました。わたしは相性のいい男にはめぐりあったけど、結婚はしませんでした。父と母と中田ミツの関係を、幸福と思うかどうかは、そのときその人の状況によってずいぶん変わるでしょう。起こったことがらにはなにひとつ変化がなくても。わたしはあの三人に育てられたことを幸せに思っています」

そうそう、と仕切り直すように昌子が言った。

「近藤《こんどう》さんにはもう、会いましたか」

里和が眉を寄せた。初めて聞く名前だった。

中田ミツには「ＫＡＪＩＮ」をやめてから老人ホームに入るまでの五年と少し、一緒に暮らした男がいたという。

「ご存じないとは思いませんでした。去年叔母に取材をされていると伺ったので。記事にならなかったのも、近藤さんのことがあったからだとばっかり」

死んでから記事にしなさいという彼女の言葉が、急に重みを増して胸に落ちてくる。

「中田ミツを知りたければ、近藤さんに会うといいわ。わたしの知る叔母と、彼の知る彼女で、ちょうど納まりのいいひとりの人間が見えてくるでしょう」

昌子の口調はどんどん中田ミツに似てくる。ミツの、なにを知りたいのか知りたくないのか。都合のいい解釈ではあったけれど、近藤という男と会わないままでいることは、ミツの遺志に背くような気がした。

昌子から受け取った男の情報は、名前と年齢、米町という住所と五年にわたる中田ミツの同居者だったこと――と彼女は言った――の四つだけだった。

近藤悟《さとる》が住んでいるのは、米町のはずれにある海岸沿いの古い家だった。長く空き家になっていたという中田ミツの実家だ。

「築五十年になるらしいんですけど、どこも直してないから、雨漏りがひどくて」

雨水を溜《た》めるバケツが五つ、玄関の三和土《たたき》に重ねてあった。先日の雨で活躍したらしく、まだ底が乾ききっていない。廊下から居間、見える部分はみなすべて板の間だった。ぺたぺたとスリッパの音をさせながら、無言で近藤のあとをついてゆく。スリッパも心なしか湿っている。

「電話をもらったとき、てっきり仕事の依頼かと思っちゃって。恥ずかしいな」

素直に勘違いに照れている姿は、十歳も年上には見えなかった。どこかまだ夢見がちな少年、というのが近藤悟の第一印象だ。三十五歳で定職に就かない男など、特別珍しい時代でもないのに、近藤から受ける印象は時代からもずいぶんとずれていた。

里和は、用件を先に言うべきでした、と詫びた。

「いや、新聞社ときいてすぐに仕事と思うほうがどうかしているんです。僕が賞をいただいたのは八年も前のことなのに。お若い記者さんがご存じのほうがおかしいんです」

言葉は自虐的なのだが、不思議と痛々しい響きはなかった。足が少しばかり宙に浮いている、浮世離れした気配がそんな印象を連れてくるのかもしれない。自社の文学賞受賞者に会うのに、なんの予備知識もなかったことがそもそも間違いなのだが、それを詫びれば近藤の自尊心によけい傷をつけてしまいそうだ。

通された部屋にはテレビも新聞もなかった。見えるところに物を置かないと決めているような、尖《とが》った気配も感じられない。食卓の上にはペットボトルやモーニングカップ、菓子パンの空き袋、洗われないままの皿が端に寄せられている。

床も、動線以外は白く埃《ほこり》が溜まっている。パソコンはないようだ。食卓の真ん中にある閉じたノートと黒いボールペン。家主が何かものを書く人間なのかもと思わせるものは、それだけだった。

社会の情報を得られそうなものがなにもない家にいると、却って落ち着かない気分になる。外観は古びた木造家屋だが、屋内は喫茶「ＫＡＪＩＮ」と同じく、ソファーや食卓が、壁に取り付けられたＦＦ式ストーブを取り囲むように配置されていた。三人掛けのソファーはもともと白い革張りのようだが、近藤がジーンズを愛用しているせいなのか、中央だけ黒ずんでいた。

背丈が天井から床まで、幅も四メートルはありそうな書棚が壁の一面を占領していた。ぶ厚い文芸誌と純文学の全集、古典、ロシア文学の背表紙が並んでいる。下段には背の高い写真集。マイケル・ケンナと森山大道が多い。中田ミツのものなのか近藤のものなのか、こればかりはわからなかった。幅一メートル分くらいはミツが主宰していたころの短歌会の機関誌が占めていた。一センチに満たない薄い冊子だから、五十年分はありそうだ。

里和が立ったまま本棚を眺めているあいだに、近藤はコーヒーを淹れていた。マグカップをふたつ手に持ったまま、彼が言った。

「本当は漫画も読むんですよ、ゴーダ哲学堂が好きです」

「ＫＡＪＩＮ」がもともと中田ミツの店だったことを考えれば、コーヒーの香りが昌子のところで飲んだものと似ているのは当然だろう。里和がソファーの中央に腰を下ろすと、近藤は食卓の椅子を本棚の前に持ってきて座った。ジーンズの膝《ひざ》が今にも破れそうなくらい白くなっていた。組んだ脚は持ち主も持て余し気味の長さだ。手足の長さと胴の細さ、表情の幼さ、どれもがバランスを欠いている。

食卓は手作りらしい。煉瓦《れんが》をいくつか積み上げた上に丸太を輪切りにした天板がのっている。直径が五十センチはある。つい何年ものの樹木なのか年輪を数えてしまいそうになる。近藤が年輪の幅の広い部分に里和用のマグカップを置いた。

失礼ですが、ときりだしてみる。

「中田さんの葬儀には行かれなかったそうですね」

「ええ。彼女がここを出たときの約束でしたから」

予想したような、不義理に対する後ろめたさや不本意な様子はまったく見えない。里和が感じ得たのは、ミツとの約束を優先させられる彼の心の自由さだった。

「この家を相続されたと伺いました」

「僕には行くところがなかったんです。実際にちゃんとした収入もないし。追い出して二束三文の土地を金に換えるより、僕に譲ったほうがいいと判断したんじゃないですか。土地代より建物を壊すほうがお金がかかるって聞きました」

中田ミツは近藤悟が相続するためのこまごまとした手続きをすべて終えてから老人ホームに入所した。至れり尽くせり、という言葉が浮かぶ。近藤は葬儀にも行かず骨も拾わず、彼女と暮らした繭のような家で日がな一日小説を書いて暮らしている。依頼された原稿ではない。いつ本になるかもわからない、出版社もなく担当編集者もいない物語だ。その姿は霞《かすみ》を食っている仙人というより、立派なひきこもり青年だ。

「小説以外のお仕事はなにかされてるんでしょうか」

「いや、肉体労働は苦手だし、いつのまにか朝早いとか夜遅いとかも駄目になっちゃって。働くことに向いてないとしか。いいわけですけど」

彼が持つ根拠のない楽観は、しばらく里和を無言にした。彼は、里和の困惑など気づかぬ様子でコーヒーを飲んでいる。

「うちの文学賞を受賞されてからは、どういう活動をされているんでしょうか。文化担当ではないものですから、不勉強で申しわけありません」

近藤は「どんな活動」、とつぶやいて沈黙した。マグカップのコーヒーを半分飲んだところで、ようやく会話が再開した。

「地元の文芸誌に誘われたりもしたんだけど、結局入らずじまいでした。初めて新聞社の取材を受けたところが『ＫＡＪＩＮ』だったんです。当時は僕、花屋の店員だったんですけど、勘違いしちゃったんでしょうね。授賞式のあと、小説を書くために仕事辞めちゃったんです」

　出版社の新人賞を取ったところで、受賞第二作が活字になるまでには何年もかかると聞いている。雌伏時代が長くなればなるほど、生活と夢とのあいだで悩むのはどんな仕事にしても同じだろう。あとさきのことを考えれば、仕事を辞めないのが得策なのだろうが、そうなると原稿を書く時間が取れなくなる。みな、常に選択を迫られながら必死で水を掻《か》いている。近藤悟はその逡巡《しゅんじゅん》を飛ばし、あっさりと仕事を辞めた。やはりこの男は足が浮いている、と里和は思った。

「当然食えないんですよ。花屋の収入だって、住み込みじゃなけりゃとても無理だったっていうのに。賞金の百万で、一年は大丈夫だろうって思っちゃった。一年あれば、世に出られると思った。間違いだったことには、文無しになってから気づいたんですよねぇ。なににつけ遅いんだ、僕は」

　友人の家を転々としながら小説を書いていた。「とりあえず短編を一本書いて、できたところで送ってください」という声はかかったが、出版社の期待に応《こた》えられないまま一年が過ぎた。三日で書いた小説――と信じていたもの――が勘違いを生むほどの評価を得てしまったのだった。

「ミツさん、なんて言ってましたか」

里和は質問の意味がわからず首を傾《かし》げた。近藤は鼻の頭を指先でひっかきながら「あ、これっていい質問じゃあないな」と言葉を切った。数十秒後、先に沈黙に耐えられなくなったのは、里和のほうだった。

「実は、中田ミツさんからはなにも伺っていなかったんです。取材はさせていただいたけれど、記事にはならなかった。あまりご自分のことを語っていただけなかったことも理由のひとつです。経験の浅い記者に、テーマに無理やりご自身を沿わせた記事を書かれるのがお嫌だったんでしょう。近藤さんのことは、先日『KAJIN』の斉藤さんに伺ったのが初めてでした」

「ミツさん、僕のことなにも喋《しゃべ》らなかったんだ」

近藤悟はしばらくのあいだ呆《ほう》けたような顔でマグカップの中を見ていた。里和はひどく始末の悪い思いを抱え脚を組んだ。

ふと、札幌にいる圭吾《けいご》を思いだした。休職してからそろそろ一年になる。職場には復帰できたのだろうか。大学を卒業後、彼は裁判所に就職、里和は道報新聞の記者になった。大学からの三年半、大人の体を使って子供みたいなつきあいを続けた。恋だったのかどうかも、今となってはわからなかった。任地は函館と釧路。別れそびれた日々は、男の「心の病」で終止符を打った。心根の冷たい女という自覚はある。

暮れに帰省した里和を待っていたのは、同じ新聞社に入社した、圭吾と共通の友人からの電話だった。言おうかどうしようか迷ったんだけれど、と彼は言った。

「このあいだ、圭吾のお母さんから電話もらったんだ」

時期を訊《たず》ねると、十二月に入って間もなくのことだったという。

「なんて言ってたの」

「圭吾の病気のこととか、いろいろ。正月に山岸がこっちに戻ったときでいいから、一度家にきてくれるよう言ってくれないかって」

「どういう意味だろう」

「圭吾がそういうことになった原因は、遠距離恋愛なんかしてたからだと思っているみたいだ」

「行ったほうがいいと思う？」

電話の向こうで、しばらく沈黙が続いた。

「俺、伝えることも迷ったんだ。あまり首を突っ込まないほうがいいかもしれない。圭吾がそんなふうになってから、俺だって会ってない。圭吾のお母さん、山岸を責めたいのか俺を責めてるのか、よくわからなかった」

みんな、自分のことで手一杯だ。一年経《た》っても、なにひとつ変わっていない。一年先も変わらないのではと思うと、それだけでおそろしい。

ため息をこらえると、組んだ脚のつま先で湿気《しけ》ったスリッパが揺れた。

「でも、自分が死んだら追悼記事は書いてもいいと、そうおっしゃいました。あのときは、まさか本当になるとは思いませんでしたけれど」

「ミツさん、なんで僕のことあなたに言わなかったんだろう」

里和はいつの間にか、このくずおれそうな文学青年の、仕草のひとつひとつから目が離せなくなっていた。文化担当の記者がときどきぼやいているのはこれかもしれない。

「文化人ってのは、記者を前にして、自分がどう見えるかばっかり気にしてる。あそこまでいくと滑稽《こっけい》を通り越して気の毒だな。中途半端に取材慣れしてる人間ほど、手に負えない」

自意識の強さでいうなら、里和が見る限り中田ミツも近藤悟も大差なかった。

「差し支えなければ、中田ミツさんとの暮らしを、お話しいただけませんか」

新聞記者としてではない、と付け加える。近藤悟は少し迷ったそぶりを見せたが、話し始めてからは、里和が質問をする余裕もないほど饒舌《じょうぜつ》になった。

高校時代の友人が近藤悟に「出て行ってほしい」と言い始めたのが、世話になってから三ヵ月経ったころだった。

それまでも、長くて四ヵ月、最短で一週間ずつ知人友人の家を転々としていた。三ヵ月保《も》ったのは、おそらく冬だったせいです、と近藤は言った。

「暖房代がね、馬鹿にならなかった。僕がいなければ日中は灯油代がかからないんだ。僕は一日中ストーブを焚《た》いてるわけです。でも、寒い時期に出て行ってくれとは言えない。そういう友だちにつけこんで、居候を決め込んでました」

友人は四月に入って気温が上がり始めたころ「悪いんだけど」と切り出した。受賞時にもらった百万円はとうに底を突いており、友人の家はおおかた回り尽くした。財布の中には五百円玉が一枚。

その金でパチンコへ行くことも馬券を買うこともせず、旨《うま》いコーヒーを飲もうと思うのが近藤悟という男なのだろう。彼は受賞後のインタビューに使われた、駅に近い喫茶店を思い出す。バッグをひとつ持ち友人の家を出て「ＫＡＪＩＮ」のカウンターに座った。物静かな女主人は黒いワンピースに小花模様のエプロン姿で微笑んだ。

「お元気だった？　少し痩《や》せたかしら」

「覚えていらっしゃるんですか」

「忘れませんよ、何十年前でも。年寄りの頭ですから、都合の悪いことは右から左だけど」

メニューを見たところで、所持金五百円ではコーヒー一杯しか飲めない。「ブレンドひとつ」と言った彼に、中田ミツは「お腹《なか》は空《す》いてないの」と訊ねた。

ミツは口ごもる近藤に、バターとジャムがたっぷりのったトーストとポテトサラダを出した。

「これは、わたしから」

友人たちにはただ飯を食わせてもらっていた男も、この老婦人の前では生真面目《きまじめ》にも、金を払わねばと思った。が、払いたくても払う金がなかった。言い出せないまま時間は容赦なく過ぎた。原稿を書くふりなどしながら「KAJIN」の窓側の席に移動し、夜まで居座った。結局、夜になってカレーライスが出てきたところで「文無し」を告白したのだった。

「お金を払えなんて言わないから安心して。どこをどう振ったってお金が出てきそうもないから食べるものを出したんじゃないの。とりあえず味に文句を言わず食べる。それがお礼代わりよ」

近藤はその場でぼろぼろと——彼が言うには——みっともなく泣いた。

親は息子が新聞に載ったことで舞い上がり、隣近所から親戚《しんせき》に至るまで自慢しつくしたという。

「でね、いちばんきつかったのは親とのいざこざだった。母親が見栄っ張りでね、いつ本が出るんだ、いつプロになるんだ、挙げ句の果てにこれだけ自分たちを騒がせておいて、本の一冊も出ないってのはどういうことだって。格好悪いから、食えるようになるまで家に帰ってくるのはやめてくれって言われちゃって」

近藤が語るとやはり、こんな話も痛々しく聞こえなかった。やがて彼の親は息子が祖母ほどに年の離れた老女の世話になっていることを知る。これもまた、彼が更に実家と疎遠になってゆく大きな理由だった。

「ミツさん、その晩、僕を喫茶店の上にある部屋に泊めてくれたんです。洗い物とか閉店後の掃除とか、『KAJIN』に僕にでもできる仕事があったのは嬉しかった」

ひと晩がふた晩になり、一週間も経つころ、ミツが言った。

「わたし、ここをやめて海の見える家に引っ込もうと思うんだけど。隠居っていうと響きがいいわね。どう、一緒にこない？」

近藤悟はミツについてゆく。捨て猫をひろうような軽さで彼を誘った中田ミツの、声が聞こえるようだ。ただ海の見える家は、彼が想像していたような場所ではなかった。

「いきなり、雨漏りのひどい廃墟《はいきょ》みたいなところにやってきて、今日からここがわたしたちの住むところよって。この家なんですけどね。笑ったなぁ、あれは傑作だった。ミツさん、僕を騙《だま》してるんじゃないかと思って、しばらく言葉がでなかった」

ミツとの思い出を語るとき、ただでさえ幼い顔立ちが余計に子供っぽくなる。

海辺の「廃墟」をどうにか人が住めるようにするまで、一週間かかった。襖《ふすま》を取り払い、すり切れて湿気を吸い尽くした畳を剝《は》がして捨てた。壁を塗り直し、書棚も悟が作った。ストーブをいれ、リサイクルショップでベッドを買うころには、どうにかこうにかそこで寝起きができるようになった。

「ミツさん、僕のこと『あなた、召使いよ』って言いました。なんだか、急に楽になったんですよ。ちゃんとひとりぶんの仕事があるんだって思えたんです。召使いだから、ミツさんのベッドはそこにある普通のシングルだけど、僕のは折り畳みの簡易ベッド。そのくらいの遠慮はしなきゃ」

里和の内側で、だんだん中田ミツが死んだという事実が薄れてゆく。この違和感をどうしようと思っている間も、彼の思い出話は続いた。

月に一度、彼とミツは旅をした。三泊から長くて五泊。近藤悟にレンタカーを運転させての、道内の「行ってみたかった場所」めぐり。摩周湖や、網走《あばしり》の流氷、七色に輝くという神の子池や大雪山、層雲峡、稚内《わっかない》。彼女の年金は、ほとんどがふたりの旅に使われた。旅から戻るころには次の行き先が決まっているという具合だった。

生活は苦しかった。

「コーヒーは贅沢をしたけれど、食べ物はミツさんがいろいろ工夫してくれて、あんまりお金のかからない食卓でした」

週に一度、一週間分の豆を「ＫＡＪＩＮ」に取りに行くのも、近藤の仕事だった。そこで初めて、里和が口を挟んだ。

「じゃあ、週に一度は『ＫＡＪＩＮ』の斉藤昌子さんにお会いになっていたということですか」

「ええ、そういうことになりますけど」

話の腰を折られて、男は一瞬夢からさめたような顔をした。今もそうなのかと訊ねると、今はひとりぶんだし、ミツほど鮮度にはこだわらないので月に一度になってしまったという。近藤の言葉は週に一度、「ＫＡＪＩＮ」のカウンターに腰を下ろしたという、昌子の父を思いださせた。

「やっぱり、ミツさんのブレンドがいちばん美味《おい》しいので。どうしても豆は『ＫＡＪＩＮ』のものじゃないと」

里和の質問を無意識にしては鮮やかに避け、彼は再びミツとの暮らしを語り始めた。ここにきてようやく、なぜミツが死んだ気がしないのかわかった。近藤悟が語る中田ミツは、まだ生きている。彼の楽しそうな語りには、彼女がもうこの世にいないという事実が抜け落ちていた。中田ミツはまだ老人ホームの一室でモノクロの景色を眺めているのではないかと、里和まで錯覚しそうになった。

中田ミツは「ＫＡＪＩＮ」を姪に譲ると同時に、地元短歌会だけではなく、中央歌壇とも縁を切った。当然、ミツを知る人間のあいだでは、さまざまな憶測が飛び交った。エロスを基盤にしてその地位を築いた歌人である。「若い男に入れあげている」、から

「認知症」に至るまで、憶測のほとんどが好意的ではなかった。でもね、と男が続ける。

「ミツさん、その噂《うわさ》が耳に入るたびにすごく楽しそうだった。ほとんど悪口なのに、どうしてあんなに楽しそうにしてたんでしょうね」

品のない話になればなるほど、ミツは喜んだという。正直、里和もふたりの関係を真っ直ぐには受け取れない人間のひとりだった。近藤悟に会おうと思ったときから疑っていた。まさかの思いを、実は今も拭《ぬぐ》いきれていない。ただ、そこを訊ねれば自分を際限なく貶《おとし》めてしまいそうな気がして黙っているだけだった。

地元を代表する歌人の醜聞は、極上の娯楽だったろう。想像するだけで気分がへこみそうだ。不意に、近藤の口から予想もしていなかった言葉が漏れた。

「ミツさん、マルグリット・デュラスになりたかったたって言ってました」

「デュラスって、あの『ラマン』のデュラスですか」

「本当は、小説を書きたかったんだそうです。初めて評価されたのが短歌で、結局その場から動くことができなかったんです。若いころは小説も書いていたんですよ。みんな燃やしてしまったらしいけど」

サイゴンを流れる泥色の河が、目の奥に浮かんだ。映画で見た冒頭の一場面だ。女優の名前は忘れてしまったが、相手役がレオン・カーフェイだったことは覚えている。彼が目当てで借りたDVDだった。

「最初は不愉快だったけど、そのうちだんだん僕もうわさ話が楽しみになってきた。これは自分でも意外でした。ミツさんが楽しそうにしていたせいだと思うけど」

封書で、はがきで、ミツへのご注進は止《や》むことがなかった。最低でも月に一度は若い男との生活をたしなめたり非難する郵便が届き、ときには電話も鳴った。ミツは神妙な顔で電話の主からの説得を聞いているのだが、受話器を置いたとたん、大笑いしていたという。

「もう、誹謗《ひぼう》中傷の嵐《あらし》です。認知症なんていう言葉が飛び出すのはしょっちゅうでした。色ボケって言葉も、あのころ知ったんです」

誹謗と中傷の嵐を楽しみながら、ふたりは月に一度の旅を続けた。最後の旅は、夏の盛りだった。

「突然、ひまわり畑が見たいって言い出したんです。ソフィア・ローレンの『ひまわり』、ご存じですか。古い映画だけど」

「ええ、戦争で帰ってこなかった夫が別の土地で新しい家族を持っていたっていうお話でしたか。ちょっと記憶がはっきりしないけど。中田さんの歌集のタイトルでもありますよね」

「そう、それです。あのワンシーンみたいに、ひまわり畑の中を歩いてみたいって。それで、ちょっと遠かったけれど北竜町《ほくりゅうちょう》へ行ったんです」

ひまわりの里として有名な、道央にある町だった。人口は二千人ほどだったろうか。明日、どこに転勤命令がでるかわからない職場だ。道内のおおまかな地理と人口、特産物などはあらかた記憶している。

「ちょうど北竜町で、ひまわりまつりをやっていたんですよ。七月の終わりくらいだったかな。道東とは気候がまったく違って、暑かった」

道東から高速を使いレンタカーで六時間。ミツは疲れもみせずひまわり畑を歩き、ひまわりの茎のエキス入りというソフトクリームを食べ、温泉に入るという二泊三日の旅を堪能《たんのう》した。デュラスになりたい、といった老女はいっとき、別の心を旅したのかもしれない。

「ソフィア・ローレンになった気分。あぁ、いい旅だった」

家に戻りひと晩眠ったあと、ミツはめまいがするといって病院へ行った。

「点滴と投薬のあと、医者に詳しい検査を勧められたそうです。でも帰宅するころには気持ちを決めていたんだ、あのひとは」

それから秋までのあいだに、家の譲渡手続きをはじめこまごまとした終わりの支度を終えて、ミツは老人ホームへ入所する。

「みごとですね」

そんな言葉しかでてこない貧しい唇を責める。

五年のあいだ中田ミツと豊饒な言葉のやりとりをした男は、話しことばで相手の内側に確かな景色を作ることができた。里和の脳裏に、ひまわり畑を歩く中田ミツがいる。デュラス、ソフィア・ローレンという名前がでてきても、少しも滑稽ではなかった。逆に、しっくりと彼女と重なりあい、こちらの心に折り合いをくれる。みごと、という言葉は彼の語りにおくる賛辞かもしれない。

近藤悟は北竜町からの帰路で、ミツの過去を知ることになった。

「彼女には、どうしても忘れられない人がいたんだそうです。歌集の『ひまわり』を書いたころからずっと、その人が亡くなるまで思い続けたそうです」

ミツの物語が終盤にさしかかっていることを、男の伏せた目から感じ取る。親が遺した海辺の家と、姉とわけあった財産で開いた喫茶店、評価をうけた短歌で決定付けられた表現の方向性。姉の夫との秘めた恋。ひとりきりで迎えるはずだった晩年の、ほんの少しの時間で、ミツはなにを感じなにを見たのか。考えると胸の内側でさざ波が立った。

そのまま一本の映画にでもなってしまいそうだと思った瞬間、里和は顔を上げ、男に問うた。

「近藤さん、もしかしてこのお話を」

途切れた言葉の向こうで、男の頬《ほお》が均等に持ち上がった。不揃《ふぞろ》いな前髪が揺れた。

里和は、孤独なふたりが自ら被《かぶ》った泥の、むせるような甘いにおいを嗅《か》いだ。中田ミツは、自分の夢を叶《かな》えてくれるかもしれぬ青年とふたり、泥まみれの晩年を選んだのだった。

中田ミツの死から約一年が過ぎた。翌年の五月、近藤悟はエンターテインメント作家の名を冠した商業出版社の賞を受賞した。取材は里和に任された。

近藤とのやりとりで知り得たミツの晩年はその後、部屋の隅で泣くたびに里和をつよくした。後に笑えない涙は流すまい。そう思えるころには泣く時間も回数も減った。

それでも、三日がかりで書いた記事をデスクの紺野が笑いながら握りつぶす日々は変わらず続いていた。最近はこうした上司がいることも、自分が前へ進むためのエネルギーになりつつある。落ち込んではいられなかった。まだ何者にもなれていない自分に、そんな暇は許されていない。

近藤悟が受賞した小説は原稿枚数にして五百枚という長編だった。里和は出版社から送られてきたゲラをひと晩かかって読んだ。

『デュラスとの日々』

タイトルも内容も、直球だった。海辺の家で彼が語った中田ミツとの暮らしが、小説と呼ぶにはあまりにも赤裸々に語られていた。

——僕が彼女にもらったものは、長い長い物語だった。

そんな一行から始まる老女との日々は、誹謗中傷を楽しむふたりの描写が生々しい。物語に登場する老女は、高倉《たかくら》リツという詩人だが、それが歌人の中田ミツであることは明らかだった。

ふたりは人の親切について考える。手紙、はがき、電話によって寄せられる老女と青年の暮らしに対する「早々におやめになったほうがあなたのため」「ご自分の経歴やお仲間を汚す行為」という親切な忠告を笑い飛ばし、やがて楽しみにするようになる。怖いものがなくなる、というのはこういうことなのだ、と彼は書く。

旅先でのやりとり、ひまわり畑の景色や夜の摩周湖の湖面に映った星。映画のジャンルでいうならロードムービーだろう。心を洗う旅のあと、ふたりはかならず「笑って」過ごす。自分たちをとりまく世間の目や中傷を、とことん笑う。

作中での老女は「僕」に、週一度必ず花を買いに行かせた。一週間でちゃんと枯れる花をみつくろうよう言いつける。「僕」は、花屋の女主人に惹《ひ》かれてゆくが、それを老女には告げられない。後半部の「僕」は、旅先で、海辺の家で、老女には内緒で花屋の彼女のことを想う。老女がさびしい思いをしないよう、懸命にそのことを隠そうとする。

最後の最後、老女が自分でホスピスのパンフレットを広げて「僕」に問う。

「わたし、デュラスになれたかな」

「うん」

涙を堪《こら》えながら、彼は古い家に残された犬のごとく老女の「いいつけ」を守る。

これから先は、自分が死んでも二度と会わないこと。

海辺の家は、小説を書いて得たお金で修繕すること。

ボツ原稿は捨てること。

幸せになること。

ふたりへの邪推と中傷が、地味だが確かな人間の話に活《い》かされていた。老女と「僕」が笑ったのは人間の持つ、捨て去ることのできない卑しさだろうか。作中、老女は自分たちもそのひとりであることを至上の幸福と呼んだ。

――生きてる。わたしは、生きてる。

「僕」を海辺の家に残して最後の旅へ出る高倉リツは、中田ミツそのものなのだろう。ミツは死んだのちに生きる場所を探しあてたのだ。彼女が見つけたのは近藤悟という終《つい》の棲家《すみか》だった。近藤は物語終盤、そこだけ浮き上がるような一行、悪く言えば主人公ではなく著者の本音を書き綴《つづ》る。

『ふたりの関係を共依存という言葉を使って切り捨てるのは簡単なのだ』

誰も清くなく自分の欲望に忠実で、旅のシーン以外は決して美しいと言えない物語だった。

ただ、懐疑的に読み進めていても、途中幾度か喉《のど》の奥が熱くなった。老女の昔語りと長く切ない恋。「僕」の内側に渦を巻く蛇腹に似た想い。ふたつは絡まりあいながら、みごとに街を覆う海霧に溶けていた。

里和はゲラの最後に並ぶ、ラストの二行を何度も読み返した。

『リツさんと僕は、ふたりだけれどひとりだった。

ひとりだけれど、ふたりだった』

取材の場所は近藤悟の希望で「ＫＡＪＩＮ」にした。彼は新しいジーンズと夏物のジャケット姿で現れた。

里和は七月の異動で札幌本社の生活課に配属が決まっていた。部室に漂う空気に、いちばん初めにナタを振り下ろしたのは、三月に新しくやってきた室長だった。生意気な三年生記者と癖のあるデスクをふたりいっぺんに面倒みるのは勘弁してくれ、ということだ。新室長が言った「札幌で一から修業しろ」は、そのまま彼の本音でもあったろう。

紺野が言う「ご栄転」などでは決してない。新しい屈辱の日々が待っているだけだった。里和は窓辺の席で向かい合った近藤悟に、転勤することを告げた。

「札幌ですか。残念だな」

初めて会ったときの、地に足がついていない印象は薄らいでいた。

「どうですか、周りの反応は」

訊ねると、近藤は眉を寄せてうつむいた。

「周りの言葉を、聞いている余裕がありません。プレスに配られたゲラは改稿前のものなんです。あの状態からかなり編集者のえんぴつが入ってますから、けっこう内容も変わるかもしれない。ラストの二行ですけれど、あれもえんぴつで囲ってあって、（必要？　トル？）なんて書き込みがあるんですよ。僕は必要だと思うから書いたんだけど」

「読者にとっては必要ない、と。そういう意味かもしれませんね。わたしもずいぶん原稿突っ返されながらやってます。思いに技術がついていかないときは、焦るし悩むし、まぁどんな仕事も同じだと思いますけど」

「問題は、次に何を書くか、ってことなんでしょう」

「短歌会のほうからは、なにかコンタクトはありましたか」

「拍子抜けするほどなにもないです。一冊になったあとのことはわかりませんけど」

「事実かどうか、いろいろと取りざたされるでしょうね」

「事実より虚構を証明するほうが難しいですから」

「虚構なんですか？」思わず口走っていた。近藤の顔から笑みが消えた。

作中、一度だけ老女が「僕」にしがみつく場面があった。ひまわり畑でのワンシーンだ。青年は戸惑いながら彼女の肩を抱く。たった三行の、事故なのか故意なのかも不明な彼女の「行動」。生きることへの彼女の執念が漂う場面だった。老女の髪から立ちのぼるにおいを嗅いで、「僕」はその日から自分でも気づかないくらいの速度で、老女を疎ましく思うようになってゆく。

「KAJIN」のカウンターでは斉藤昌子が豆を選《よ》り分けていた。黒いTシャツから伸びた真白い喉、鎖骨のくぼみ。「僕」が惹かれてゆく「花屋の女主人」と同じ。

初めて会った日、近藤悟の名前を出したのは昌子だった。里和はあれこれと思いめぐらし、結局なんの配慮もない言葉で男に訊ねた。

「すべて、中田ミツさんの計算だったとは、思われませんか」

近藤悟の視線が窓の外に逸《そ》れた。朝から街を覆っていた海霧が、少し薄くなっている。

「計算だとしたら、もっとすごい裏があるんじゃないですか。少なくとも、物語にするとき、僕はそこまで考えますけど。なんだろう、そう考えるとちょっと怖いな」

彼は、昌子の父とミツの関係についてどこまで知っているのだろう。彼が中田ミツという物語の「もっとすごい裏」に気づくときは、次の物語が始まっている。

『道報新聞文学賞受賞から九年　雌伏の時を経て』

記事のおおかたの流れは彼に会う前にほとんどが決まっていたといっていい。会って話したという事実と、見出しになりそうな、不意のひとことを引っ張り出せれば紙面は埋まる。誰が読んでも山岸里和の記事だと思ってもらえるような文体はない。当然、定型を逸脱しても読ませるほどの腕はついていなかった。

それでも里和は、ここを外しては近藤の記事にならない、と覚悟を決めて原稿を書いた。

このお話がフィクションかノンフィクションかを問うより前に、物語を味わっていただきたい——。

そんなひとことで文末を締めた。

取材の三日後に刷られた紙面では、受賞を記した見出しより小見出しのほうが大きく見えた。里和の記事は隙間なく紺野のえんぴつが入り、ありきたりなもので終わった。受賞作がフィクションかノンフィクションかという部分には触れない。思わせぶりは一切排除。掲載された記事にはミツをにおわせる部分はなかった。潔いのは確かだが、誰が書いても変わらぬ内容になっていた。

山岸里和は中田ミツに完敗した。死んだ人間にはアテられない。自分の死後ならばどんなテーマでもいい記事になる、と言い切ったミツの声が耳奥に残っていた。残念なことに、ミツの記事について言えば、里和がそこまでの腕を持ち合わせていないことがはっきりしただけだった。


六月末には、三年と少し暮らしたワンルームの隅に段ボール箱の一角ができた。ベッドも机も、クローゼットもストーブもすべて作りつけなので、札幌に送るものは身の回りのものと衣類、少ない鍋釜《なべかま》と布団くらいだ。次の部屋もワンルームと聞いた。実家に身を寄せることは最初から考えなかった。姉が子連れで頻繁に出入りする家は、もう里和がくつろげる場所ではない。

引っ越し当日、最後の段ボールをまとめたところで宅配業者が集荷にやってきた。段ボール箱が八箱。指定の段ボールを使えば、単身パックより安上がりだった。荷物を送ってしまうと、あとはスーパーおおぞらに乗り込めばいいだけになった。

会社は昨日のうちに挨拶《あいさつ》を済ませていたし、挨拶状の送り先もリストを作ってある。里和がこの街でし残したことはなにもなかった。駅まで歩き、駅弁や雑誌を選ぶ時間を差し引いても、あと二時間はぼんやりする時間がありそうだった。クリーニングサービスが入るというが、掃いて拭《ふ》くくらいのことはやっておく。できるだけ丁寧に拭いたつもりだが、プロの目から見れば撫でた程度だろう。

玄関の収納庫の扉を開けて詰め忘れた靴がないか確認したあと、里和は振り返らずに部屋をでた。ドアが閉まる音を聞いて、リュックを背負い直す。リュックの中には単行本となった『デュラスとの日々』が入っている。装幀は青空の下に広がる一面のひまわり畑。本のラストにはゲラにあった二行が削られずに残されていた。敢えて残したのは、近藤悟の覚悟だろう。

『デュラスとの日々』は、中田ミツという生き方と死に方が、誰にも真似できないことを物語っていた。書き手の近藤も、自分が書いた物語の真意に気づいていないのかもしれない。「どう抗ったところで、書かされる物語というのがあるんだ」と言ったのは、紺野だった。彼は昨日最後の挨拶まわりをしていた里和に、新人時代に一度だけ中田ミツを取材したことがあると言った。

「お前の記事には、覚悟が足りないんだ。そんなもん、どうやったって届かない。滑るくらいなら、定型で潔く載せたほうが読む側に対して親切だろう」

紺野とのやりとりも、これで最後と思えばすんなりと言葉が出てきた。

「覚悟すれば、紺野さんみたいにできる記者になれるんですか」

「そんな質問が出てくる時点で、お前のデキの悪さがバレるんだよ。怖いもの知らずってのはなぁ、本当に怖いもんが何か、ちゃんと知ってるんだ。知ってて前に進むんだよ」

とにかく、本社でもう一回泣いてこいや、と彼は言った。

「山岸ぃ、取材先だろうが何だろうが、どこにだって胸やケツ触るヤツぁいるんだぞ」

「今度は触り返すことにします」

紺野がふんと鼻を鳴らした。


駅前のバスターミナルで、斉藤昌子が横断歩道を横切るのを見かけた。「KAJIN」ではひっつめている髪を解《ほど》いている。彼女は慣れた足取りで米町行きのバスに乗った。次の物語はもう始まっている。近藤悟も知らないところで、すでにできあがっているのだろう。

たたかいにやぶれて咲けよひまわりの種をやどしてをんなを歩く――。

口をついて出たミツの歌が、耳の奥で繰り返された。

里和はアスファルトに引かれた白線の眩《まぶ》しさに、思わず目を瞑《つぶ》った。眼裏《まなうら》に、中田ミツが最期に見た景色が広がってゆく。一面のひまわり畑などではなかった。

モノトーンの海。それは果てしないモノトーンの海だった。

潮風《かぜ》の家

四月の日本海は平たく凪《な》いで青かった。

久保田千鶴子《くぼたちづこ》はリュックを肩にかけ、紙袋を持ってバス停に降り立つと、一度大きく伸びをした。四月の埃《ほこり》っぽい風と潮のにおいが、一気に肺に流れ込んでくる。軽いめまいがした。酔い止めが切れかかっている。

札幌駅前ターミナルを出発してから、五時間ほどバスに揺られた。天塩《てしお》町には予定より二十分遅れで着いた。

町の中に入るまで故郷に近づいているという気がしなかったのは、三十年という時間がくれた褒美だろう。乗り換えや待ち時間というのが面倒で、いっそ最初から都市間バスでと思って乗り込んだものの、さすがに五時間は長かった。天塩は東西南北それぞれの距離が三十キロに満たない北海道西北部のちいさな町だ。海と空とアスファルトの灰色をぐるりと胸奥でかき混ぜる。景色は望郷意識を煽《あお》るように静かに横たわっているが、千鶴子は視界にあるものをさほど懐かしいとも思わなかった。

バス停にもなっている道の駅で、おにぎりとお茶を腹に入れた。知った顔にはひとりも会わなかった。鉄路を使っても結局幌延《ほろのべ》からはバスになる。天塩駅は羽幌線の廃線で昭和六十二年に廃駅となっていた。鰊《にしん》漁で栄えたころの面影はもうないが、古い網元の名字は個人病院や歯科医院の看板に残っている。

ざっと見渡しただけで、見たこともない建物がいくつも視界に飛び込んできた。千鶴子が町を出たころより道路もきれいだし、背は低いが町の整備も進んでいるようだ。あまり人の気配がしないのは仕方ない。バス備え付けのパンフレットによれば、人口は四千人を切っていた。三十年前はもう少し多かったはずだ。

「本当に馬鹿なんだから」

死んだ弟の面影にそう言って、千鶴子はリュックを背負い直し歩きだした。

午後三時には故郷を訪ねた大きな理由である、永代供養の手続きを済ませた。寺は代替わりではなく、まったく新しい僧侶《そうりょ》に引き継がれていた。すべて事務的にことが進んだ。見知らぬ町にきたような心細さに加え、旅の疲れが体中に広がっていた。ひとつ役目を終えたという思いはあったが、さびしさはなかった。

千鶴子は若い住職と坊守《ぼうもり》に礼を言って寺を出た。町の中心を抜けて浜に向かって歩く。観光地化した中心部を出てしまうと、時代が過去に向かってずれてゆくような気がする。沈みゆく太陽が、海に浮かんだ利尻富士を後ろから照らしていた。

町はずれの海岸沿いには、台風でもきたらそのまま吹き飛んでしまいそうな小屋が点在している。もう誰も住んでいないらしく、小屋の周囲は雑草だらけだ。なにもかもが夕日に包まれている。千鶴子は浜にいちばん近い木造平屋の前までくると、居住まいを正した。

トタンを貼《は》り付けた玄関ドアは、屋根のれんが色とはまったく相容《あいい》れない人工的な青だ。三十年前と違うのはドアの色くらいだろうか。戸口の横に「ほしの」と金釘流《かなくぎ》で書かれた表札がかかっていた。あいかわらず蒲鉾《かまぼこ》板だ。年賀状だけになってしまったが、郷里の知人は星野《ほしの》たみ子ひとりだった。たみ子は長いあいだ、母と同じシジミ取りで生計を立てていた。死んだ母の、たったひとりの友人でもあった。

たみ子には正月明けに数年ぶりのはがきを出した。ひらがなしか読み書きできない彼女の年賀状に「あけましておめでとう　げんきでいるかい」とあったからだ。そのとき初めて、故郷を出て三十年が経《た》ったことと、放置してあった卒塔婆《そとば》だけの墓のことを思いだしたのだった。たみ子の家には電話がないので、はがきに携帯番号を書いて送った。

投函《とうかん》してから三日後にたみ子から電話が掛かってきた。公衆電話から響く声に、故郷へ目を向けずに過ごしてきた時間のぶん胸が痛んだ。たみ子の声は長いあいだ潮にさらされ、真っ白に色が抜けて温かだった。

「やぁ、千鶴子久し振りだなぁ。なしたべ」

「そろそろお墓の整理しようと思うんだけど、四月くらいに行こうかな」

「それだら、うちに泊まってけや」

まるでいつも連絡を取り合っていたかのような言葉が返ってきた。

正次《しょうじ》を弔ってから三十年のあいだ、墓参りはおろか帰郷もしていなかった。ここで一度きれいにしておかないと、自分がいつどうなるかわからない。突然倒れたときのことを考えると、身に遠いものから少しずつ整理しておくに越したことはない。下手に何か残せば、面倒が生じるだけだった。

千鶴子が死ぬことで「久保田正次」の名前が再び人の口に上るのは避けたかった。それは自分やこの町、もちろんたみ子にとっても、少しもいいことではないだろう。

遠くにあったはずの記憶が、加速をつけて千鶴子の内側に滑り込んできた。


三十年と少し前、半年間にわたり町を騒がせていた空き巣事件があった。

犯人が弟だとは夢にも思っていなかった。六軒目の家で箪笥《たんす》を物色しているときに、家の者が戻ってきた。正次は廊下の突き当たりにあったバットを家主の頭部に振り下ろした。

逮捕容疑は強盗殺人だった。

現場に、どんな魔物が舞い降りたのかを知ることはできなかった。

取り調べの二日目、正次は勾留《こうりゅう》先で自分のシャツを使って首を括《くく》った。二晩意識不明の状態が続いたが、そのまま息を引き取った。遺書はなかった。千鶴子は弟を失って初めて、この世にはかなしむことも許されない死があることを知った。

正次は中学を卒業してすぐに漁師になった。が、早起きの苦手な子だったのがいけなかった。遅刻の癖はなかなか抜けない。もう中学生ではなく「漁」はお前の仕事なんだよと言って聞かせても、悲しげに下を向くばかりだった。

弟は三度目の遅刻で親方からこっぴどく怒鳴られたのを境に、漁師をやめてしまった。そのあとはときどき建築現場や祭りのアルバイトに出る程度で、定職につかない日々が何年か続いた。

「俺、ここで暮らすの面倒になってきた。もうちょっと楽なとこ行けねぇもんかな」

「なぁに言ってんのさ、ひとりでどこさ行くって。やりたい仕事が見つかるまで姉ちゃんが働けばいいことだべ。楽なところにゃ楽なところの嫌なこと、って母ちゃんも言ってたべ。上の学校さ行きたかったんだら、今からでも遅くない。姉ちゃんが何とかするから、がんばってみるか？」

早くに父親をなくしていたせいで、母親も姉の千鶴子も、正次をふびんに思うところがあった。当時は、金はだれか懐の暖かい男でも見つけてなんとかしてもらおうと思うくらいに、千鶴子も若かった。

　母をなくして十年近く、親代わりになって千鶴子と四つ下の弟のことを気にかけてくれたのはたみ子だった。姉弟《きようだい》が住んでいたのは、長いこと流しの漁師にあてがわれていた浜の掘っ立て小屋だ。そこならば、千鶴子が働く居酒屋の稼ぎで住み続けることができた。住み続けるためには保証人が必要だったが、それもたみ子が引き受けてくれた。

　母の死後、弟の面倒はすべて千鶴子がみてきた。父親の顔は覚えていない。ウニ漁の最中、誤って海に落ちたのだと聞かされているが、河童《かっぱ》と呼ばれた男が浅瀬の浜で溺《おぼ》れて死ぬのはおかしかった。誰も肝心なことを口にしない。そのことをいちばん嫌がっていたのは死んだ母だった。

「だぁれも口拭《ぬぐ》ってなんも言わない。誰が誰を庇《かば》ってるもんか、知ってるんだべや。板子一枚下の地獄は、浜に戻っても続くんだな」

　夜、ぽつぽつとつぶやくのを幾度も聞いた。

　正次が死んでしまうと、途端に周囲が千鶴子に優しくなった。家族がひとりもいなくなったという心細さの横を、これで弟のしたことを帳消しにしてもらえるかもしれないという思いがかすめていった。さすがに居酒屋の仕事を続けることはできなかったが、それは仕方ないこととあきらめた。

ひっそりと終えた四十九日、たみ子が言った。

「千鶴子ぉ、お前、町から出ろや」

「町出てどうすんの」

「どこか、お前のこと誰も知らないところさ行って働け。この金で札幌さ行け。ワシみたいになったら駄目だ」

たみ子は千鶴子の手に、半分に切った使い古しの封筒を握らせた。中には四つ折りにした一万円札が入っていた。

「ひとりでどこさ行けってさ。ここ出て、なにをしろってさ」

お前そんなこともわからんのか、とたみ子が泣いた。

「わからんのか、千鶴子。お前、本当にわからんのか」

両肩をつかまれると、ささくれだった指先がセーターの上から皮膚に刺さり痛かった。これから先千鶴子になにかあるたびに、噂《うわさ》はひとまわりふたまわりしながら、どんどん尾ひれをつけて大きくなっていく。そんなことは充分予測がつくことだった。悪い噂も陰口も、自分のいないところで何が語られているかをいちいち思い煩っていたら、狭い町では生きていけない。

それでも千鶴子は「正次はもう死んでいるのだし」と、心のどこかで自分ひとりくらいなら許してもらえるのではないかと思っていた。

親も兄弟もない天涯孤独という点では、たみ子と同じのはずだった。そのたみ子がなぜああも強く町を出ろと勧めるのか、その日は結局わからないままだった。

たみ子の言葉と封筒の一万円札に大きな意味が生まれたのは、それから二日過ぎた日の夜中のことだ。スナックの手伝いを頼まれた夜、十二時過ぎに海辺の家に戻ると、中で男が待ち伏せしていた。玄関の引き戸は手前の一枚を持ち上げればすぐに開く。鍵《かぎ》などないも同然だった。

顔見知りの客であることはすぐにわかった。居酒屋時代毎晩のように飲みにきていた、網元の三男坊だ。今夜は千鶴子がスナックにいると聞きつけたらしく、八時ごろやってきて十一時過ぎまで濃い水割りを何杯も飲んでいた。かなりろれつがあやしかった。人の家に勝手にあがりこんでいるくせに、悪びれもせず上機嫌だ。

「びっくりさせて悪かったな。もう戻ってるべと思ってよ。ちょこっと話するべや」

「話なら店でさんざん聞いてやったべさ。家までくるのはやめてよ。さっさと帰って。仕事は終わってんだから」

三男坊はしんみりとした口調で、正次の話題を持ち出した。こっちはすぐに眠りたいくらい疲れている。酔っぱらいと真夜中まで弟の思い出話などしたくもなかった。はっきりと「迷惑だから帰ってくれ」と口に出した。直後、男の態度が豹変《ひょうへん》した。

三男坊は千鶴子に馬乗りになったあと、お前の弟がやったことはどう始末する気だと凄《すご》んだ。

「どうするもなにも、あの子は死んで詫《わ》びたでしょう」

「この、人殺しの姉がなに寝ぼけたこと言ってんだ。死んで許してもらえるなら、警察いらんべや」

正次はその警察の留置場で首を括ったのだ。死なないように見ているのも警察の仕事だろうと怒鳴った。浜の小屋でどんなに大声を出そうと、すべて波音が打ち消してしまう。平手打ちが二度三度飛んできた。耳が遠くなり口の中が切れて、ぬるい血が喉《のど》へ流れた。

明け方、男が去った部屋で、たみ子の言葉をかみしめた。

――わからんのか、千鶴子。お前、本当にわからんのか。

涙はひとつぶも流れなかった。

その日、千鶴子は鞄《かばん》ひとつを抱え、始発で町を出た。二十四歳だった。列車に揺られているあいだ中、たみ子の言葉がレールの繋ぎ目と同じ数だけ耳奥にこだましていた。

昨日まで元気だった人が今日はこの世から消えていたりする。父も弟もそうだった。

千鶴子が独居老人相手の宅配弁当の配達を仕事にして十五年経つが、老人たちに弁当を届けていると「そのとき」が年齢によるものだけではないこともわかってくる。

青いドアをノックしてみた。ドア板から浮いたトタンがたたくたびにへこんだ。

「タッコちゃん、千鶴子です。タッコちゃん、いる?」

中から甲高い返事が聞こえ、すぐに真っ白くなった髪を頭のてっぺんでだんごのように丸めた老婆が姿を現した。家だけではなく、髪型まで当時と同じだ。

「やぁ、本当にきてくれたんだねぇ。すっかり大人になっちゃって、これだもんワシも年とるわけさ」

千鶴子が二十四歳のとき以来だから、大人になったというのもどうだろう。それでもたみ子が言うと、こちらも幼いころに戻ったような心もちになった。

「タッコちゃんはぜんぜん変わらんしょ。元気そうだね。なんぼになった?」

「数えで八十五。もう立派な婆《ばば》ぁだべ」

たみ子の家はもう、六十年ものあいだ同じ場所で潮風に吹かれ続けていた。彼女が東京の吉原《よしわら》から送った金で建てられた家だ。三十年前にはすでに妹弟の誰も訪ねてこなくなっていた。家の中からは老人特有の饐《す》え臭さに加え、何か煮付けているような醤油《しょうゆ》のかおりがした。

千鶴子が驚いたのは、タイムスリップしたようなたみ子の家の中ではなく、自分の口から出てくる言葉だった。札幌に出てから数年で完全に消えたと思っていた浜のイントネーションが、彼女に会ったとたん戻ってしまっている。手みやげのラーメンを渡し、土間から畳の部屋に上がった。ルンペンストーブはなくなっており、部屋の真ん中にはコタツがあった。

「やぁ、ありがとうねぇ、ごちそうさま」

埃だらけのFF式ストーブの上に、アルマイトの鍋《なべ》がのっていた。醬油のかおりはそこからするようだ。ストーブで背中を炙《あぶ》りながらコタツに足を入れれば、真正面にテレビがある。たみ子が座る場所から、すべてに手が届くようになっている部屋は、映画で見た飛行機の操縦席のようだ。

「なんか煮付けてたのかい」

「あぁ、今晩食べるべと思ってよ。すり身汁作っておいた」

たみ子の家にいると、本当に三十年という月日が流れたのかどうか疑いたくなってくる。

「タコさ煮付けたやつあるけど、食べるか」

「いや、さっきお寺さ行ってカステラもらったっけ、なんか胸焼けしてさ。お茶一杯ちょうだい」

「お寺も、すっかり若返ってたべ。あの寺買ったの、街場から来た若夫婦だってよ。みんな本当に坊さんなのかどうか疑ってるけども、自分で坊主だって言えば、その日からみんな坊主だべしな」

たみ子は豪快に笑っている。

「うん。永代供養もぜぇんぶ表になってて、明朗会計なんだとさ。親ふたりと弟と三人分だら、割引がきくんだと」

「供養の割引か、そりゃいいわ」

たみ子は数えで八十五とは思えないしっかりした動きで、肩幅ふたつぶんの狭い台所に立ちお茶の用意を始めた。お湯を沸かしているあいだ、千鶴子はつけっぱなしのテレビを眺めていた。古いブラウン管テレビに、地デジのチューナーがついている。コタツの天板にはリモコンとチラシを切って束ねたメモ用紙と、マチのついたぶ厚い投薬袋が置かれていた。テレビの画像はかなりぼやけている。そろそろ替え時なのだろう。

「毎日テレビと話してっから、シジミ取りしてたときよりお喋《しゃべ》りになったぞ。役場が地デジの機械を取りつけてくれたのはいいんだけど、スイッチの場所覚えるのにひと苦労よ」

たみ子は一日中テレビを見て過ごすので、自分はこの町ではいちばん世相に詳しいと言って笑った。

「なんたっていちばんは国会中継だべな。あいつらお国のことなんぞこれっぽしも考えてないべ。酔っぱらった漁師の喧嘩《けんか》のほうが、なんぼかましな言い分あるわ」

真っ黄色いお茶が入った湯飲み茶碗《ぢゃわん》が天板に置かれた。ずるずるとお茶をすりながら、たみ子は何度も「よおく来てくれたなぁ」と繰り返した。

「こんなとこさいて、病院へ行くのも買い物も不便でしょうがないけど、元気なんだからもう少しひとりでいいべって言われてるさ。死にそうにならんと施設には入れてくれないらしいんだな。予算がないんだってよ。たまに役場の職員が生きてるかどうか確かめにくるけどな。気楽っちゃあ気楽だわな」

たみ子は三軒向こうの――といっても百メートルは離れているのだが――ヤッコを覚えているかと訊《たず》ねた。

「うん。行き来はないけど」

「去年の暮れに家の中で死んでたんだわ。孤独死だと。なぁんも流行《はや》りのない町に、流行最先端の死人が出たんで、しばらく大騒ぎだった」

それから、たみ子にもたびたびデイサービスの声が掛かるようになったのだという。

たみ子は「年寄りが年寄りと一緒に折り紙折って、なぁに楽しいってよ」と言って、更に笑う。

「お前さん、いま何やってるっていったべか」

「今は江別《えべつ》で宅配弁当の配達やってんの。お土産のラーメン、あれが名物なんだわ。札幌の隣町。タッコちゃんくらいのお爺《じい》ちゃんお婆《ばあ》ちゃんの家、一軒一軒まわって、毎日弁当届けてんだ」

一食四百五十円の弁当を独居老人に届ける。それが千鶴子の仕事だった。夜の仕事をすっぱり辞めた姉ホステスの深浦和美《ふかうらかずみ》が、貯金を元手にして始めた商売だった。男ともめたときや店を替わるとき、なにかと世話になったスナキノ時代の恩人でもあった。

「いつまでもこんな商売続けられると思ったら大間違い。わたし、弁当屋の社長になる。お客を待っている仕事はもうたくさん。これからは宅配の時代なんだよ」

和美の転身に驚いた周囲は、半分冷ややかな目で彼女を見ていた。和美の陰口を言うのはたいがいだらだらと夜の勤めを続けている者ばかりだった。みな羨《うらや》ましかったのだろう。千鶴子が素直に「いいなぁ」と言った途端、仲間はずれになったことでもあきらかだ。

次のお店はどこにしようか、いいかげん水商売から足を洗おうかどうしようか、決めかねていたところ、弁当屋を始めて二年目の和美に声を掛けられた。

「これから先は年寄り相手の商売がいちばん。ちぃちゃんも運転免許取って、はやく手伝ってちょうだい」

和美に励まされ、四十の挑戦で自動車学校に通い、補習料を上限まで払い免許を取った。

和美の宅配弁当屋は、そこそこ当たった。今は正社員の千鶴子を現場のチーフにして十人の宅配パートを抱えた、地元では知れた会社になっている。

自分がどう見えているかを他人に問うたことはないが、千鶴子自身はたえず流されながら生きてきたように思う。自分という人間の性質も、出会った人の心の数ほどあるに違いない。ただ、千鶴子は自分が情に厚い女だと思ったことはいちどもなかった。情があるというのは、たみ子や和美のような人のことをいうのだろう。

黄色いお茶をすすりながら、画像のぼやけたテレビを見る。画面が札幌の大通に替わった。噴水と公園の花々が映っている。朝は曇っていたけれど、予報どおり午後からは晴れたようだ。

キャスターが「街の話題」のコーナーでボランティア団体の主宰者を紹介していた。

「困っている人を助けたいんです」にっこり微笑《ほほえ》みながら彼女が言った。仕事柄、名前だけは聞いたことがある。精力的にあちこち顔を出しているようだが、他の団体からはぽっかり浮いていると聞いた。たみ子が薬の袋をコタツの端に寄せながら笑った。

「どだい、金もらわんでする親切にゃあ裏があるで」

たみ子が言うには、ときどき町の年寄りの家を巡る「話し相手」がやってくるらしい。

「このあいだコタツで死んでたヤッコのところにも、ずいぶん通ってたらしい。ヤッコもまた話し好きのくせに友だちおらんかったからな。若いころの話すれば喜ぶもんだから、ずいぶんしてやったんだとさ。そしたらなんだ、そいつがいちいちメモを取り始めたっていうんだわ。なんべんも足ば運んで、なに訊《き》いてるんだべと思ったら、ネタ探してたっちゅうからびっくりするべさ」

「ネタって、なんの」

たみ子はお茶をひと息に飲み、二杯目を注《つ》ぎ入れた。

「テレビのドキュメント番組に売るんだと。町おこしだとよ。ニシン場から吉原に売られてった女の話。そんなもん、誰が喜んで話すかよ。親切ごかしてテレビの下取材ばしてるなんてな」

たみ子くらいの年齢になると、友人が死んでもいちいち悲しんだり泣いたりはしない。それは老人たちの家を回っていてもよくわかる。どちらが先でもお互い明日は我が身なので、人前で悲しんでみせる必要がないのだ。「あぁ向こうが先だったかい」と言いながら弁当を受け取り、ついでに昨日のひじきの味付けはちょっと濃かったと付け足す。

「そいで、タッコちゃんもいろいろ取材されてるのかい」

「ヤッコのやつ、ちょろっとワシも向こうに行ってたこと口ば滑らしたらしいんだな。最後に会ったとき手を合わして謝ってた。その次に会ったときには、ワシが死んだヤッコに手を合わしてたけどな」

テレビ画面は天気予報に替わっていた。この好天気はしばらく続くとキャスターが言っている。たみ子はすっかりテレビと話すのが癖になっているらしく、「そんだこと言ったたって、昨日は外れたべ、お前」と笑い、すぐに真顔になった。

「で、永代供養になんぼ払ったんだべ」

「四十万」

相当おべんきょうさせていただいています、と坊守が言った。本当は一基につき三十万だという。おかげで貯金の三分の一が飛んだ。三十を過ぎたばかりだという若い住職は、手順どおり経を上げ、戒名も付けられなかった仏の供養を終えた。読み上げられた名前は生前のものだった。三人の俗名ががらんとしたお堂に響き渡り、それがいっそう当時の貧しさを思い出させた。

「タッコちゃん、供養なんてぼったくりみたいなもんだわ」

「お前がもうこっちに戻らんと決めたなら、そりゃいいことと違うかね。なんも残さないのがいちばんだべ。ヤッコもワシも死んだら無縁仏よ」

たみ子はシジミ取りができなくなってからは年金で細々と食いつないでいると言った。

その夜、すっかり煮詰まってしまったすり身汁を食べながら、たみ子の得意な豆おこわのおにぎりをつまんだ。たみ子は今も変わらず燗酒《かんざけ》の晩酌を続けていた。

「これとテレビがあれば充分だべ」

コタツの熱が膝《ひざ》にじんわりと沁《し》みてくる。いつもは一合の酒を、今日は二合にしたという。小さめの湯飲みで酒を飲んでいると、なにやら別れの杯のような気分になってくる。

テレビはつけっぱなしだった。たみ子は耳が遠くなっているのか、音量も少し高めだ。気づくと千鶴子も大声で話しかけていた。

十時をまわったところで、コタツを部屋の隅に立て掛けて布団をふた組並べた。

「いつもはコタツでごろっと横になってるうちに朝だからよ、布団敷くの久し振りだ」

「うたた寝してるうちに朝なんて、幸せなことだべさ。宅配先の爺ちゃん婆ちゃんは、眠れないって悩んでるよ」

「あれこれ考えるからだべや。ワシはなぁんも考えてねぇし」

布団は湿気《しけ》って冷たかった。そば殻の枕《まくら》から、海のにおいがする。部屋の明かりを豆電球ひとつにしてテレビを消すと、床の下から海鳴りが聞こえてきた。懐かしさというのとは少し違う。海鳴りは、自分の内からも湧《わ》いてきて、内側と外側から千鶴子の薄い皮膚を震わせた。

「なぁ千鶴子、そういえばお前、いっぺん結婚したっけな」

「男とは二回暮らしてみた。でも駄目さ。最初は酒乱で、二度目はギャンブル。周りに次は必ず女で駄目になるって言われた。結婚なんか、もうたくさん」

結婚に限らずどの男と駄目になったのも、おそらくは自分のせいだった。二十四歳で出てきたきり故郷に一度も帰らず、親も親戚《しんせき》も誰ひとりいない女は、相手の背負っているものを理解するのが苦手だった。父と母が駆け落ちで北の町に流れ着いたことは知っているが、ふたりがどこからやってきたのか、父の口からも母の口からも聞いたことがない。たどる血筋も血縁も、ふっつりと親のところで途切れているのだった。

出会った何人かの男には最初こそ面倒のない女と喜ばれるけれど、結局最後の最後で情の薄さを指摘された。たみ子にまで嘘《うそ》を言うのは気が咎《とが》めたが、酒乱もギャンブルも、離婚の原因を訊ねた人に面倒な説明をせずに済む都合のいい理由だった。


最初の夫と知り合ったのが、二十八の年。ススキノという街に、慣れるのと楽になるのは別のことだと気づき始めたころでもあった。四年勤めても夜の街が向いているとは思えなかった。何の取り柄もない自分にできることなど、せいぜい酒の相手くらいだろうという諦《あきら》めもあった。客がみな顔見知り、という故郷での仕事と違ったのは、夜の女にも「格」があるということだった。当時は若いというだけでランクのいい店に雇ってもらえた。その店で生き残れるかどうかは別問題だった。覚悟が欠けている女は、ただ低いほうへと流れてゆくしかない。

「僕のほうは結婚してもいいと思ってるんだけど、どうかな」

離婚経験のある十歳年上の公務員だった。水商売のことは気にしないと言ってくれた。前の妻もそうだったから、と男は言った。特別なお披露目は考えていない、というのが決め手だったかもしれない。夜の街で目立たず生きて行こうという意識が、主婦という居場所に変化したくらいのつもりでいた。嬉《うれ》しいというのとは違った。正次のことが知れればすぐに追い出されると思っていた。

自分は一人っ子で親はもういない——。自分の過去から、家族をまるごと消した。天涯孤独は、千鶴子にとっても男にとっても都合がよかった。

男はよく酒を飲んだ。それまでは酌をしてときどき夜の相手をするだけだった関係が、女房という立場に変わった途端、憎しみの対象になるとは思わなかった。

「お前、自分のこと何にも言わないんだな。酒場でやってたこと、家でやられる方の身にもなれよ。俺はホステスを女房にしたわけじゃないんだ。家では女房になれよ、馬鹿野郎」

女に手をあげたことはない、と言っていた。しかしその手は何度も千鶴子の頰《ほお》を打った。変形して歪《ゆが》んだ顔を鏡で見たとき、酒場に戻ろうと思った。

夫は千鶴子との結婚後、半年ほどで別れた妻とよりが戻った。罵《ののし》られながら打たれながら、一年ほど暮らしたが、別れるときは驚くほどあっさりとしていた。

「わざわたしと結婚すること、なかったじゃない」

心の底からそう思ったので、荷物を運び出す男の背に言った。

「お前なんかと結婚したからこんなことになっちまったんだ」

文句を言う気になれなかった。言えば余計みじめになるだけだ。いや、と首を振った。みじめというのもあとからつけた脚色かもしれない。当時はぼんやりと男の背中を見送るだけで、なにも考えなかった。振り返るといつも、この薄っぺらい情が千鶴子を内側から責めている。

酒場に戻って三年ほどで、別の男と暮らすことになった。男の名字を名乗ってはいたが、籍は入れなかった。三十歳を過ぎたというのも、ひとつのきっかけだったろう。一度目がそんなふうなので、二度目は気楽だった。一度失敗したあとに今度こそと思わないのも、持って生まれた性質だ。どんどん流れてゆく。水のように煙のように、ただ漂って溜《た》まる。針の先ほどの穴が空けば、そこからまた別の場所へと流れてゆく。穴の大きさによって速さも変わるし、勢いも違った。

相手はひとつ年下の、ショットバーの雇われ店長だった。

彼は自分のことをあまり語らなかった。そのくせときどき、千鶴子の故郷のことなどを訊きたがった。千鶴子があっさりと答えられるのは、予《あらかじ》め用意しておいた嘘ばかりだ。どの問いにも、上手く答えることができなくなると、会話もなくなった。千鶴子も同じようになにか問い返せば上手くいったのかもしれないが、訊かれるのを面倒がる人間が、上手い質問など思いつくわけもない。結局、お互いに相手を間違ったのだろう。

男が「もう別れよう」と言ってくれたとき、初めて彼の誠意に触れたと思った。自分にはこの人に返せる誠意がない。今日で別れると思えば、過去がするりと口から滑り落ちた。謝罪のつもりもあった。憎くて別れるならば、あんなことを言ったりはしなかったろう。

正次のことを告げたとき、男は泣いた。あんまり泣くので、千鶴子が不思議に思うほどだった。

二度目の夫は、十代のころに人を殺していた。少年院を出て夜の街にたどり着いたが、前科を売りにする気概も、利用する度胸もなかった。お互い、天涯孤独だと言い合っていたのに、男のほうには親も姉もいるのだった。

「姉ちゃんが、俺のせいでどんな暮らしをしているのか、考えたことなかった」

男の涙の理由を知って、一緒に泣いた。けれど、その日から彼に会ってはいない。たったひとりの姉に、ちゃんと詫びることができたのだろうか。

それからは二度と正次のことは口にしなかった。自分にはまっとうな生き方など与えられていないのだと思っていた。

湿気った布団はなかなか温まらなかった。たみ子の寝息も聞こえてこない。海鳴りが床下から響いてくる。薄いカーテンの向こうは、月明かりでうっすら明るい。

海鳴りに混じって、ごぉんごぉんと規則的な低い音が聞こえてくる。風とは少し違うようだ。たみ子にこの音はなにかと訊ねた。

「風力発電だと。くるとき見なかったか？　あのでっかい風車。ゆぅっくり回ってるのを見てたら、ワシみたいなのでも気が滅入《めい》ってくるぞ」

日本海側では風力発電がさかんらしい。夜中にこんな音がするとは知らなかった。地の底から体が持ち上げられるような、抑えつけた不安をかきたてる音だ。

「ねぇ、タッコちゃんも東京でいちど結婚したって聞いてたけど、そっちはなんで駄目になっちゃったの」

たみ子は「あぁ」と言って、体を仰向《あおむ》けにした。

「なんでったってなぁ。向こうもワシが吉原上がりだってこと知ってたし、なんも心配ないと思ってたのが間違いだったんだべ。夫婦ってのはいいときばかりじゃあねぇからよ。腹あんばいが悪くなると、お互いの痛いところつつくしかなくなるべ。痛いところの多いほうが負けだわな。あとは、親だべかな。関東のお人とは、反りが合わんわ。こっちは田舎のヤン衆だべ。そのうち吉原のことがばれて、亭主も庇うのが面倒になったのか、親と一緒になって女中扱いし始めやがった。誰がそんなところにいられるかって、なぁ」

たみ子が若いころ、ニシン場の貧しい雇われ漁師の娘が遊郭に売られてゆくのはよくある話だったという。赤線時代を経て、結婚が駄目になって実家に戻ったものの、妹弟は誰も寄りつかなかった。両親はたみ子が戻る数年前に相次いで亡くなっており、たみ子が故郷に戻ると、今度は妹弟が町を出た。「赤線あがり」という言葉と彼女だけがこの町に残されたのだった。

目を閉じると、大きな風車が月明かりの下で回っている景色が浮かんだ。風に吹かれているうちに、いつの間にか三十年も経ってしまった。出ていったときは、風車などどこにもなかった。目の奥で回る三枚羽の白い風車が、過ぎてきた月日をぐるりとかき混ぜ始めた。

たみ子が体の向きを変えた。まだ眠ってはいないようだ。こちらに向けた背が暗がりの中で盛りあがっている。

「タッコちゃん、ごめん」

「なしたべ」

「結婚さ、酒とギャンブルで駄目になったっての、嘘。本当はわたしが男のことを信用できないまま一緒になったのが悪かった。男なんかどれも同じだべって思ってた。悪いのはこっちのほうだったんだ」

たみ子は背を向けたままけたけたと乾いた声で笑った。

「そりゃお前、惚《ほ》れてなかったたってことだべや。どのみち駄目になるわなぁ。そりゃ仕方ないべ」

たみ子に仕方ないと言われると、自分がついてきたつまらない嘘のひとつひとつが淡く薄くなってゆくように思えた。

「わたしさぁ、生活できないときは、体も売った。売れるもんみんな売って生きてきた」

たみ子はひとつ大きく息を吐いて、囁《ささや》くように言った。

「売れるもん売ってなぁに悪い。ワシもお前のおっ母《か》さんも、みんな同じだ。泥棒してきたわけでもねぇ。あるもん売ったんだべよ。金でなくたって、なんかもらったら同じだ。そんなことしたことねぇ女がどこの世界にいるってよ、千鶴子。体は壊さなけりゃ好きに使えや」

言葉のぬくもりが、死んだ母のもののように感じられた。誰に何を許してほしいわけでもないのに、たみ子にそう言われると、取り散らかした感情がすべて本来あるところに納まってゆく気がした。

「タッコちゃん、正次のこと、もう誰も覚えてないよね」

「ワシが忘れてるくらいだからな。なぁんも心配することねぇよ」

「ねぇ、わたしがここを出たあと、みんなどんな噂してた」

「だからよ、三十年も前のこと覚えてるわけないべ。なんだ、今ごろそんなこと」

「なんか、ずっと忘れてたこと、あれこれ思いだしてさ。タッコちゃんが町を出て行けって言ってくれたとき、すぐにそうすればよかったのかなって」

たみ子はちいさな咳《せき》をしたあと、「すぐ出てったろうが」と言った。網元の三男坊がどんな話をばらまいているものか、容易に想像がついた。それでも、もう三十年経った。三十年も前の話なのだった。

「そうだね。挨拶《あいさつ》もせんで、あんときは悪いことしたね」

「こうやって今日一緒に枕並べて話ができてんだから、お前はなぁんも悪いこたぁしてねぇよ」

赤線あがりという言葉こそ使わないが、たみ子の話題が人の口にのぼるのを何度もみてきた。

「どんだけ巧《うま》いんだべな。誰かためしてみろや」

「ばかだなぁ、おめぇ。なんぼふっかけられっかわかったもんじゃあねぇぞ。いくら婆あになったって、元はあの有名な吉原女郎さまだからな。なんもかんも東京価格だべ」

「あっちに売られる前の晩、酒屋の次男坊が夜這《よば》って手を付けたってのは本当だべか」

「俺ぁ、こっちに戻ってからまた夜這いかけてるって聞いたぞ」

「ちゃあんと金払ってんだべな」

脛《すね》に傷持つ女は、男たちの酒の肴《さかな》だった。当時で齢《よわい》五十を過ぎていた、たみ子でさえそうだった。千鶴子が送ることになる人生など、彼女の目にはすべて透けて見えていたに違いなかった。あのまま故郷に留《とど》まれば、たみ子が受けた辱めや蔑《さげす》みはそっくりそのまま千鶴子へと引き継がれたのだろう。

翌朝たみ子はコタツの横にある茶箪笥の引き出しから、古ぼけた冊子を取り出して千鶴子に差し出した。

『機関誌　女の風』

「ワシがどうにかなったあと、墓掘りが趣味のやつにこんなもの見つかったら、ヤッコじゃないけど死にきれねぇわな。かといって、今までなんで後生大事に持ってたのか、自分でもうまく説明できねぇのよ。これはお前が焼くなりなんなり、うまいこと処分してくれんべか」

「わたしが持っててっていいものなの？」

「ほかにおらんべ。こういうのは二度と戻らんお人に頼むのがいちばんよ」

顔を上げると、視線がぶつかった。ぼそぼその眉尻《まゆじり》を下げ、ひどく恥ずかしそうだ。

「ワシの父親は津軽《つがる》からひとりで流れてきた漁師だったんだ。次男坊だから船もなくてよ。もう二度と故郷には戻らんつもりでこっちさ来たんだべ。ニシン場にくれば景気もええべと思ったらしいが、結局船のひとつも持てんかった。毎日必死で生きてても、人間どうにもならんことがある。ワシはそんなことを生まれながらに知ってたような気がする。だからワシらに身寄りがないこと、誰も気の毒がる必要なんかねぇんだわ。みんな親兄弟捨ててきた人間の子や孫なんだからよ」

周りはみんなどこぞの藩の偉い役職がついていたとか本家は侍だとか、好きなことを言うのだが、そんな偉い人間が北海道にきて、いきなりニシン捕りになるのがそもそもおかしいのだった。誰も知らなきゃ、嘘も嘘じゃあない。

「親からもらった名前だべし、勝手に変えたらもうしわけないと思って、本名のまま体ば売ってた。体はええよ、減らんもの。減るのは腹だけだ。東京じゃええことなんかひとつもなかったけど、田舎に戻って自分が送った金で家が建ってたのを見たときは、なんか誇らしく思えたな。ワシは吉原にいたときがいちばん親孝行できたんだ。この家と自分の過去を捨てたら、なんだかワシのたったひとつの孝行もなくなるような気がしてなんねぇのよ」

千鶴子は買い物用の折り畳みバッグを取り出し『女の風』を中に入れた。たみ子の目から涙が溢《あふ》れた。涙は深い皺《しわ》をつたって小鼻から唇へと落ちた。

「やぁ、会えてよかった。ほんとによかった」

たみ子は千鶴子の手をにぎり続けた。指先は町を出ろと言ってくれた日と同じく、ささくれて硬かった。

「いいか千鶴子、ワシが死んでもこっちには戻るなや」

瞳はどんな問いも受けつけない光で溢れていた。たみ子はもう一度、娘を叱《しか》るようにつよく言った。

「戻るなや」

千鶴子はひとつ大きくうなずいて、海辺の家をあとにした。

朝日が浜に寄せる波を染めていた。天気予報は当たったようだ。

天塩から戻った翌日、体に残った疲れをふりほどきながら宅配先を回った。

老人たちは、日曜日以外休むことのない千鶴子が珍しく二日も休暇を取った理由を知りたがった。

「田舎に行ってたんですよ」

「田舎って、どこ？」

「日本海の、ちょっと上のほうです。ちっちゃい浜の町なの」

その日も毎日指定された時間どおりに五十個の弁当を届けた。午後三時を皮切りに、ひとことふたこと言葉を交わしながら空になった容器を受け取り、今日の弁当を渡す。

「どうも、夕食をお届けにまいりました」

千鶴子の声は年相応に低くはなったが、浜特有のゆっくりした話しかたに人気があるらしい。日曜日担当のパートがよく「久保田さん、お爺ちゃんたちにすごい人気なんですね」と持ち上げる。半分くらいに聞いているが悪い気はしない。

独居老人たちが二、三分のあいだに振ってくる話題は、孫のことだったり支持率低下の著しい内閣のことだったり。

一日の長さと、残された時間の短さ。そのふたつの時の流れが持つ隔たりに、うまく折り合いがついている人いない人、それは老いも若きもあまり関係がなさそうだ。通称「独居老人ビレッジ」は、びっくりするほど子供っぽい嫌がらせや陰口、淡い恋や三角関係に包まれており、弁当屋がその橋渡しを頼まれることもあったし、相談にのることもあった。

「実は女房が生きていたときから続いている女がいるんだ」

「そんなこと、よくあることだって。大丈夫。あの世で謝れば許してくれるって」

「そうかな」

「そうそう。いつも言ってるでしょう、生きて楽しんでなんぼ。生きてる人間がいちばん怖いし面白いの。死んだ先見て帰ってきた人いないんだからさ」

宅配先は、男女の比率が半々というところだった。全体的に女性独居のほうが多いことを考えれば、女のほうが面倒くさがらずに食事の支度をしているということになる。

　男はひとりでいると、いろいろと内側に向かって自分を掘り進めてしまうようだった。あるときから先、反省を始めてしまうのだ。その点女はたくましかった。食事の支度をしなくていいぶん、歌だ踊りだ韓流だ旅行だと、習い事もそうだが日々自分を楽しませることを忘れない。毎日三本ずつCSテレビの映画を観《み》て、感想ノートが十冊になったという八十歳も、朝から晩まで針仕事をしている和裁士も、みな口を揃《そろ》えて同じことを言う。

「どうせ少ない残り時間だもの。ここから先は儲《もう》けだと思うの」

　双方を見ていると、男の悩みの底の浅さが目立った。人に言える程度の悩みに終始とらわれている。あれこれと過去を思い煩うひとときが、彼らにとっていちばん心落ち着く時間なのかもしれない。男性客のほうが長く玄関先で話したがることを考えれば、つじつまが合った。

　五時三十分、最後の宅配先である平田《ひらた》源三《げんぞう》宅の玄関を開けた。この時間はほとんどの家が鍵を開けておいてくれるようになった。鍵が掛かっていては、もしものときに誰にも発見されない恐れがあるからだ。返事がなければすぐに家に入ってよいという了解を得て仕事をしている。会社の規定では「望まれればそのようにしてもよい」と謳《うた》っているが、それはシステムというよりは、千鶴子個人との信頼関係だ。

「平田さん、夕食お届けにきました」

返事がなかった。もう一度声をかけ、三十秒待つ。千鶴子はひとつ深呼吸をして、靴を脱ぎ家に上がった。八十一歳の老人がひとりで暮らすには大きすぎる住まいだった。十年前までは妻がいて、そのずっと前は子供たちが四人いたと聞いている。戸建てでそれぞれの子供にひと部屋ずつ与えるくらい、羽振りよく安定した仕事をしていたのだろう。

平田はいつも、町内の行事でもらった紅白まんじゅうの、赤いほうを千鶴子にくれた。彼に会えば一日の仕事のおおかたを終えたことになるので、千鶴子もほっとする時間帯だった。

嫌な予感は的中した。平田が玄関側に頭を向けて椅子《いす》の下にうつぶせになって倒れていた。息があることを確かめる。すぐに救急車を呼んだ。救急車がくるまでのあいだにしておくことは決まっていた。

宅配弁当の申し込み時に、もしもの場合の連絡先を記すのが入会必須《ひっす》事項となっている。それを理由に入会をためらう老人もいた。連絡先がないのか、連絡して迷惑をかけたくないのか、人によって理由はまちまちだ。無理に勧誘はしない。くちコミで広めてくれた客への、それが感謝の気持ちだと社長の和美がいう。

事務所で待機している和美に電話をかけた。

「社長、平田さんのご家族に連絡をお願いします。こっちにも電話番号をください」

「息はあるのね」

「はい。救急車を呼びました」

平田の場合、搬送先も「市立病院」と決まっていた。慌てないために、表になったものをいつも持ち歩いている。家族への連絡だけ事務所に頼むのは、個人情報云々《うんぬん》ということらしい。

駆けつけた救急隊員に発見時の様子を説明する。長く続けていれば、年に数回はこんなことに遭遇する。既に息がなかったことも二度経験している。

千鶴子は必要なことしか言わない。それがいちばん早く平田を病院へと運ぶ方法だ。

「緊急連絡先の電話番号です」

救急隊員がメモを受け取り短く礼を言う。平田は意識のない状態で担架に乗せられ運ばれて行った。

事務所に戻り、空になった弁当の容器を食洗機に並べ入れた。容器を洗っているあいだに、明日の仕込みをする。千鶴子の担当は、野菜類の煮付けと決まっていた。

里芋の皮を剝《む》き、ぬめりを取った。ニンジンも切ってひとまとめにする。椎茸《しいたけ》もこんにゃくも、あとは煮付ければいいだけにしておく。明日は朝から大鍋で煮込む。一度熱を取って、味を染み込ませるのが大きな流れだった。それだけで朝から昼までかかる。

卵焼きと漬け物の担当、魚調理専門の担当、午前中はそれぞれが自分の持ち場についている。一度あら熱を取った総菜は、午後から一斉に詰め込み作業をする。そのときばかりは社長も社員もない。宅配先個々のアレルギーや好き嫌いの確認を含め、全員で一気に仕上げ、鮮度と衛生を保っているのだった。

一日の仕事を終え、平田の件を日報に書き込んだ。滅多にないことだけれど、あとあと事件性がでてきたときのために、必要な作業だった。

平田老人が救急車での搬送後どうなったのかはわからなかった。親族が宅配弁当屋にまで挨拶にくることは稀《まれ》だ。千鶴子は日報を書き終え、事務所で和美とふたりきりになったところで訊ねてみた。

「平田さんのほうは、どうなんだろう。社長、連絡は入っていませんか」

「今のところ何もないね。いくら安くても、お金もらってやってることだからさ。家族も割り切ってるし、そうじゃなけりゃお互いにきりがないじゃない」

それより、と和美が言葉を切った。

「ちぃちゃん、三十年ぶりの故郷ってどんなだった？　天気はよかったみたいだけど、合計十時間バスに揺られたら、しんどかったんじゃないの」

「脚がちょっとむくみました。町も人もちゃんと三十年ぶん年取ってましたよ」

和美は眉間《みけん》に皺を寄せた。

「もう、あんたとはかれこれ二十年になるけど、一度も家族の話って聞いたことないんだよねぇ。ご両親の永代供養は、無事終わったの」

千鶴子は少し迷ったが、弟も一緒に頼んできたことを告げた。和美は「おとうと？」と語尾を上げてしばらく千鶴子の顔を見ていた。

「甘ったれで朝寝坊で、そのせいで漁師もつとまらなかった、四つ下の弟がいたんです。二十歳のとき、こそ泥はたらいて、家の人に見つかって、そこにあったバットで殴っちゃった。取調中に、留置場で首吊《つ》って死にました」

和美がため息をひとつ吐《つ》いた。故郷の風車に攪拌《かくはん》された過去が、風の勢いで押しだされたように思えた。

「そっか。里帰りして、よかったじゃない。終わったんだよ、ぜんぶ」

和美は「悩殺」と定評のある笑顔をこちらに向けてそう言ったあと、「よし」と日報に検印を捺《お》した。

アパートに戻り煮物の残りで食事を済ませたあと、千鶴子は電話台の引き出しから『女の風』をだした。触れただけではらはらと灰になってしまいそうな、薄くて頼りない冊子だった。指先でつまんで表紙をめくる。目で文字を拾おうとしても、活字が小さいうえ難しい漢字ばかりでよく理解できなかった。千鶴子は角の折れた頁《ページ》で手を止めた。

それは吉原のカフェーで働く女たちが作る機関誌の、文芸欄だった。「かぞく」という一編の詩が掲載されていた。すべてひらがなだ。作者は「たみこ」とあった。ニシン場の娘が吉原に売られて、朋輩《ほうばい》から魚くさいと馬鹿にされている、といった内容から始まっていた。そのにおいも、故郷で染み込んだものだから自分ではわからない、と書かれている。十六までニシンのまちでニシンをたべて育った娘は、一日五十銭の小遣いを稼ぐために、魚のいっぱい入ったモッコを背負う。読んでいると、彼女がちょうどそのころ売られていったのがわかった。

だれもうらまず　はたらけ　はたらけ
いもうと　おとうと
かあちゃん　とうちゃんに
でっかいいえを
たててあげるんだ
まいにち　わらってはたらきました
みんな　みんな　しにました
わたしはもう　にしんのにおいがしません

千鶴子は翌日、宅配と仕込みを終えたあと、閉店間際の家電量販店に行き三十二型の液晶テレビを買った。届け先は天塩のたみ子だ。

「お届け時間のご希望はございますか」

「何時でも大丈夫です。あと、古いテレビのリサイクル手続きもお願いします」

書類にあれこれと書き込む際、申し込み人の署名欄だけは「くぼた　ちづこ」とひらがなで書いた。町を出た日に握りしめていた一万円札の、せめてもの礼だった。

一週間後たみ子から、変わらぬ金釘流のはがきが届いた。

『ちづこさま　おおきなてれびをありがとう　いままでのじゅうばいもあるようにみえます　だいじにします　ほんとうにありがとう　かぜひかないように　たみこ』

潮にさらしたたみ子の体から、再びニシンのにおいが漂っていることを祈った。

自分もたみ子もあとはただ、ぽつりといなくなればいいのだろう。千鶴子は壁に垂らした状差しのいちばん手前に、たみ子からのはがきを入れた。

解説

町田そのこ（小説家）

最初に書かせていただくが、わたしは桜木紫乃のファンである。長年、桜木作品に焦《こ》がれてきた。心ではなく細胞に呼びかけられている、と感じている。わたしという女を構成しているすべての――例えば母や祖母、曾祖母、例えば学生時代の友人や恩師、バイト先の先輩や友人の母といった、わたしをわたしたらしめてきた女たちの欠片《かけら》が鳴り響くのだ。言葉にできなかった、誰も共有してくれないと諦めていた感情が、ここにはあると。

どうして桜木紫乃はわたしたちの奥底の傷を、傷が生まれたさまを知っているのだろう。人知れず流したはずの涙を、どこで見ていたのだろう。彼女の作品に触れるたび、生きてきた中で見なかったことにして押し隠してきた痛みややるせなさ、憤《いきどお》りや寂寥《せきりょう》を、これでしょう？　と見つけ出される。そして傷ごとやさしく抱きしめてもらい、いとおしんでもらえる気がする。

それは決して心地よいばかりではない。痛みは鮮明にぶり返すし、さらけ出されたものの情けなさに立ちすくむこともある。それでも、抱きしめてもらえる一瞬の解放感を待って、ページを捲《めく》ってしまう。

だから、桜木作品を読むときは、心に覚悟を要する。深い海に潜《もぐ》る前のように、呼吸を整えて向き合わないといけない。油断すると、溺れることとなる。

本作もその例に漏れない。何度も息を吐《つ》いた。目を閉じた。しかし潜る手は止められない。大きなうねりに巻き込まれないように、どこかで感情が決壊しないように、ひそやかに物語を追わなくてはいけなかった。本作は六編で構成される短編集だが、そのどれもが深い水を湛《たた》えていた。


本作の雑誌連載時のタイトルは『無縁』である。

それは本作のテーマそのものでもあるし、作中にも『無縁』である人物が多々描かれている。「かたちないもの」で、母を看取《みと》ったのちにひとりで死んでいった竹原基樹《たけはらもとき》と、赤子のころに母に捨てられた角田吾朗《かくたごろう》。「海鳥の行方」の石崎《いしざき》改め和田博嗣《わだひろつぐ》は、罪を犯し、以後は天涯孤独に生きている。「起終点駅《ターミナル》」の弁護士鷲田完治《わしだかんじ》と椎名敦子《しいなあつこ》は、自身の意思でひとりで生きることを選び、鷲田のかつての恋人篠田冴子《しのださえこ》もそうだ。「スクラップ・ロード」は主な登場人物三人すべてが無縁のひとだと言えようか。「たたかいにやぶれて咲けよ」の中田《なかた》ミツは、人生の最期は『無縁』を選んだし「潮風《かぜ》の家」の久保田千鶴子《くぼたちづこ》と星野《ほしの》たみ子も、それぞれひとり生きている。

しかし『無縁』とは何だろうか？

一般的な意味合いとしては、字の通り、他者との縁が無い状態のことを指す。『無縁社会』という言葉は、頼れる縁を持たず孤立しているひとが増加している、いまの世間の状態を表している。ここからも分かる通り、『無縁』という言葉は憂《うれ》うものであり、また、『孤独』という言葉ととても近しいものである。わたしも『縁が無い』という意味での『無縁』として、先の人物たちを挙げた。

しかし仏教では、『無縁』は条件にかかわらず誰であっても平等に接する心、という意味を持っている。ひとはどうしても条件のもとに縁を繋げ、その縁の中で慈愛を抱く生き物である。血や土地といったものが繋ぐ縁から外れている、言い換えれば縁の外側にいるひとにも、変わらず平等に慈愛を持て、という教えなのだ。

もうひとつ、仏教的な意味と違って世に広まっている言葉がある。『縁起』だ。『縁起がいい』『縁起を担《かつ》ぐ』というように、運の要素を多分に含む言葉のように思われているが、ほんとうは違う。すべてのものは深く無数の縁で繋がりあっていて、単独で存在しているものはいない。多くの縁があって初めて、自分という個が成り立つという意味だ。

では仏教において『孤独』はないのかと言えばそうではなく、ひとはもともと『孤独』な生き物であるという。それを憂うのではなく、『孤独』だからこそ無数の『縁』を繋ぎ、その中で自分という人間を確立して生きねばならないのだろう。

わたしは、本作は『無縁』であり『縁起』の物語だと思う。繋がりあうことで自分をかたちづくることしかできない人間の、繋がりあうがゆえに起きる軋《きし》みの物語。

このふたつの言葉を通して物語を読めば、見えてくるものがある。「かたちないもの」の、骨となってから真理子《まりこ》に自分の死を伝えてくれと遺言を残した、竹原の気持ち。骨という無機質なものになったとて無縁はあり、真理子や吾朗との縁があったからこそ、竹原には縁起という証《あかし》が残り続ける。「海鳥の行方」は、和田と出会った主人公の山岸里和《やまぎしさとわ》の行動に無縁と縁起がある。和田との無縁の出会いが里和を動かし、縁起となって和田の元妻に繋がる。それは里和の行く末をも動かしていく。「起終点駅」は自死した冴子や弁護を請け負った敦子との縁起を通すことで、鷲田の人間の本質が見えてくる。ひとの生き方は誰とどう関わるかで理解できるものだ。「スクラップ・ロード」

では、どこまで縁を断ち切っても『死』というものの前には必ず『縁』が生まれることが分かる。「たたかいにやぶれて咲けよ」のミツは、歪んだ縁起が生んだ歪んだ自分像を知っていて、それに強《した》かに向き合って生きている。「潮風の家」では、千鶴子とたみ子のふたりは、互いを通すことで己の生きざまを見つめている。そこには確かな縁起がある。

たみ子が千鶴子に、自身が若いころ書いた詩が掲載された『女の風』という冊子を渡すシーンがある。わたしはそのときの、たみ子の言葉が忘れられない。

「この家と自分の過去を捨てたら、なんだかワシのたったひとつの孝行もなくなるような気がしてなんねぇのよ」

たみ子は、自分が生きてきた苦しみの欠片であり、生きてきた喜びの証を千鶴子に託す。

縁とは、繋ぐだけではなく、自分を確かにするものだけでもなく、自分を誰かに託すものでもあるのだ。

『起終点駅《ターミナル》』というタイトルは、本作にはこれしかないと思う秀逸なものである。わたしたちは人生という名のレールを死ぬまで走り続けないといけない生き物だ。誰かと並走し同じ駅で休むこともあれば、駅で偶然出会う誰かもいるだろう。誰かの起点駅に出会い、誰かの終点駅で別れ、誰かに何かを預け、何かを託され、そして自分の起終点駅に向かってゆく。

本作を読みながら、自身の走ってきたレールや、辿り着いたいくつもの駅を、思わず振り返った。やり直したいと思うレールもあるし、あのときただ通過していればと悔やむ駅もある。もう一度会いに行きたい駅も、取り戻したいレールだってある。思い出し、目を逸《そ》らし、手を伸ばす。そんなことを繰り返しながら読み終えたとき、それらすべてがなければいまのわたしはいないのだと腑《ふ》に落ちるものがあった。受け止め走ってゆくしかない、最後まで。

最後になるが、桜木作品に触れるのならば北海道という土地についても言及しなければならないだろう。懺悔《ざんげ》すると、わたしが聖地ともいえる北海道に足を踏み入れたのは、いまのところ一回こっきりである。冒頭でファンだと偉そうに書いたうえ、各所でも「大好きです！　推しです！」としょっちゅう騒いでいるくせに、何という意識の低さであろうか。それくらいのレベルで桜木愛をいっちょ前に語るんじゃねえと叱《しか》られても仕方ない。ほんとうに申し訳ない。

しかしその一回が、忘れられない。十一月の終わり、雪の深いころだった。広大な土地を覆《おお》う一面の深雪と、骨まで染み入る寒さを前に、ひとりでは決して生きてゆけぬ己の頼りなさを肌で感じた。ひとりの人間の持つ力の儚《はかな》さを知った。そして、ここがわたしの愛する作家を生んだ土地であると実感した。

圧倒的な自然の中での個の弱さを知っているからこそ、そこで生き抜いてきた人々の強かさの中で育ったからこそ、生きていくための『無縁』と『縁起』を、それらを抱えて生きていくひとの『孤独』を、桜木紫乃は描けるのだ。

■この作品は二〇一五年三月に小学館文庫より刊行された『起終点駅《ターミナル》』を加筆修正したものです。

|著者|桜木紫乃　1965年北海道釧路市生まれ。2002年「雪虫」で第82回オール讀物新人賞を受賞し、'07年同作を収録した単行本『氷平線』でデビュー。'13年『ラブレス』で第19回島清恋愛文学賞、『ホテルローヤル』で第149回直木賞、'20年『家族じまい』で第15回中央公論文芸賞を受賞。ほかの著書に『凍原』『硝子の葦』『霧』『裸の華』『氷の轍《わだち》』『ふたりぐらし』『緋の河』『ヒロイン』『谷から来た女』などがある。

起終点駅《ターミナル》
桜木紫乃《さくらぎしの》

2024年7月12日第1刷発行

発行者──森田浩章
発行所──株式会社　講談社
東京都文京区音羽2-12-21　〒112-8001
電話　出版（03）5395-3510
　　　販売（03）5395-5817
　　　業務（03）5395-3615
Printed in Japan

講談社文庫
定価はカバーに
表示してあります

KODANSHA

デザイン─菊地信義
本文データ制作─講談社デジタル製作
印刷───株式会社KPSプロダクツ
製本───株式会社国宝社

ISBN978-4-06-533785-1

講談社文庫刊行の辞

二十一世紀の到来を目睫に望みながら、われわれはいま、人類史上かつて例を見ない巨大な転換期をむかえようとしている。

世界も、日本も、激動の予兆に対する期待とおののきを内に蔵して、未知の時代に歩み入ろうとしている。このときにあたり、創業の人野間清治の「ナショナル・エデュケイター」への志を現代に甦らせようと意図して、われわれはここに古今の文芸作品はいうまでもなく、ひろく人文・社会・自然の諸科学から東西の名著を網羅する、新しい綜合文庫の発刊を決意した。

激動の転換期はまた断絶の時代である。われわれは戦後二十五年間の出版文化のありかたへの深い反省をこめて、この断絶の時代にあえて人間的な持続を求めようとする。いたずらに浮薄な商業主義のあだ花を追い求めることなく、長期にわたって良書に生命をあたえようとつとめるところにしか、今後の出版文化の真の繁栄はあり得ないと信じるからである。

同時にわれわれはこの綜合文庫の刊行を通じて、人文・社会・自然の諸科学が、結局人間の学にほかならないことを立証しようと願っている。かつて知識とは、「汝自身を知る」ことにつきていた。現代社会の瑣末な情報の氾濫のなかから、力強い知識の源泉を掘り起し、技術文明のただなかに、生きた人間の姿を復活させること。それこそわれわれの切なる希求である。

われわれは権威に盲従せず、俗流に媚びることなく、渾然一体となって日本の「草の根」をかたちづくる若く新しい世代の人々に、心をこめてこの新しい綜合文庫をおくり届けたい。それは知識の泉であるとともに感受性のふるさとであり、もっとも有機的に組織され、社会に開かれた万人のための大学をめざしている。大方の支援と協力を衷心より切望してやまない。

一九七一年七月

野間省一